KB114808

天魔神教
洛陽本部

천마신교
낙양본부

천마신교 낙양본부 19

정보석 新무협 판타지

초판 1쇄 찍은 날 § 2021년 12월 28일
초판 1쇄 펴낸 날 § 2022년 1월 4일

지은이 § 정보석
펴낸이 § 서경석

편집책임 § 이준영
디자인 § 노종아

펴낸곳 § 도서출판 청어람
등록번호 § 제387-1999-000006호
등록일자 § 1999. 5. 31
어람번호 § 제2-2898호

주소 § 경기도 부천시 부일로 483번길 40 서경B/D 3F (우) 14640
전화 § 032-656-4452 팩스 § 032-656-4453
http://www.chungeoram.com
E-mail § chungeorambook@daum.net

ISBN 979-11-04-92407-1 04810
ISBN 979-11-04-92204-6 (세트)

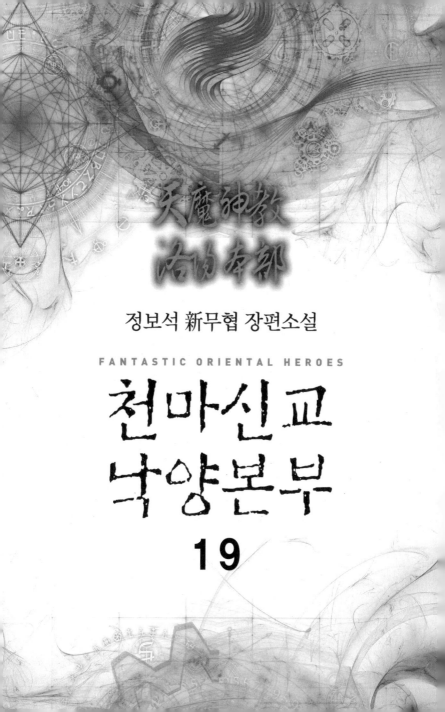

天魔神教
洛陽本部

정보석 新무협 장편소설

FANTASTIC ORIENTAL HEROES

천마신교
낙양본부

19

天魔神教
洛陽本部
천마신교
낙양본부

次例

第九十一章

바다 위를 달리는 운정은 좀처럼 가까워지지 않는 배를 바라보면서도 조급해하지 않았다. 도달하는 즉시 전투가 시작될 것을 감안하여, 엘리멘탈을 통해 흡수할 수 있는 내력의 양만 정확히 사용하면서, 그의 몸에는 조금의 소모도 없도록 했다.

　"위대한 가문이라는 것은 귀족을 말하는 것이겠지. 그리고 렉크와 콘의 말과 행동을 보았을 때, 군도에선 귀족이 죽으면 전쟁이 종결되는 것 같다. 델라이나 파인랜드 전체가 그런 문화를 가진지는 모르겠으나, 적어도 군도 내에서는 확실해."

　이는 중원의 상식과는 조금 달랐다.

문파와 문파 간에, 혹은 가문과 가문 간에 전쟁이 일어났을 때 그 문주나 가주를 죽인다 하여 전쟁이 끝나지는 않는다. 오히려 문주와 가주를 죽였다며 그 구성원들이 모조리 생사혈전을 하려 든다.

만약 방금 전 암살 기도와 비슷한 일이 중원에서 일어났다면 콘은 즉시 처형당했을 것이고, 성내 모든 기사와 영지민들은 분노에 휩싸여 바다로 나가자고 소리쳤을 것이다.

물론 그런 마음을 가진 기사들이 있긴 했다. 하지만 절반 정도는 왜 귀족들의 패권 싸움에 우리가 죽어 나가야 하나 하는 생각들을 가진 듯했다. 백작을 직접적으로 섬기는 기사들이 그런 생각을 품었으니, 일반 영지민이 어떻게 생각할지는 뻔했다.

그렇게 생각하면 델라이의 문화와는 또 다른 것 같다. 델라이의 흑기사들에게 쉽게 찾아볼 수 있었던 충성심이 그들에겐 없던 것이다. 그들은 자신들의 목숨을 바쳐서 렉크를 섬기려고 하기보다는 자신의 명예가 실추되는 것에 더 민감하게 반응했었다.

하지만 그렇다고 해서 그들이 비겁한 자들이냐? 그렇지도 않다. 렉크가 말했듯 그들은 마리아의 죽음에 더욱 분노했다. 다시 말하자면 그들은 한 개인을 섬기는 충성심보다는 그들이 말하는 '바다 사내'에 부합하는 것을 더욱더 중요하게 생각하는 것뿐이다.

운정은 달려도 달려도 끝이 나지 않는 바다를 바라보며 말했다.

"이토록 넓은 바다에서 배 하나만 믿고 생업을 유지하는 일이란 어떤 것일까? 매번 생사를 걸어야 하는 일임이 틀림없다. 그러니 그들은 고집이 세고 자립적일 수밖에 없어. 그런 사람들에게 충성이 미덕일 리 없다."

그는 눈에 내력을 불어넣어 바닷속을 바라보았다.

그 안에는 수없이 많은 생명체가 자신들만의 무기로 치열하게 살아가고 있었다.

특히 작은 물고기들은 서로 뭉쳐 마치 하나의 거대한 물고기인 듯 함께 움직였다.

그는 그 광경을 바라보며 말했다.

"하지만 반대로 생각하면, 오히려 그들은 머리에게 절대적으로 충성해야 한다. 절대적인 위험을 지닌 이 바다 위에서 오래 살아남으려면 배에 오른 선원들이 저 물고기들처럼 한 몸으로 움직여야 한다. 무조건적으로 따라야 해."

그때 한 상어가 나타나 입을 벌리고 물고기 떼를 쫓아다녔다.

물고기 떼는 때로는 두 개로, 때로는 세 개로 분열하면서 상어를 이리저리 피해 다녔다. 하지만 그 와중에 낙오되는 부류는 철저하게 버려졌고, 상어는 그 낙오된 떼를 잡아먹었다.

운정이 또다시 중얼거렸다.

"하지만 그 이유는 어디까지나 배 전체의 생명을 위함이지, 머리를 향한 충성심 때문이 아니다. 때문에 머리가 배 전체의 생명에 위협이 된다면 그들은 주저하지 않고 머리를 자른다. 선장의 잘못된 인도로 배가 위험을 당하면 선장을 죽인다. 그것이 그들의 방법이다."

운정은 고개를 들어서 이제는 꽤나 많이 가까워진 욘토르 진영의 배들을 보았다.

"그만큼 머리가 가지는 책임은 막중하다. 그리고 각각의 선원이 머리에게 요구하는 책임 또한 막중하다. 콘의 반란은 첨탑 위에서 일어난 일이지만, 그들에겐 배 위에서 일어난 일과 다름없어. 그들은 바다 사내들이니까."

욘토르 진영의 배 위에 있던 사람들이 하나둘씩 갑판으로 튀어나와 운정을 바라보았다. 넓고 고요한 바다 위를 홀로 뛰어오는 인간을 보고 가만히 있을 사람은 아무도 없었기 때문이다.

운정은 그들을 찬찬히 둘러보며 말했다.

"그들의 사고방식을 내가 감히 이해할 수는 없겠지. 내가 생각하는 충성과 델라이의 사람이 생각하는 충성. 그리고 이들이 생각하는 충성은 모두 다른 것이니까. 마찬가지로 머리들 간의 싸움에 팔다리가 피를 흘리는 것 또한 그들에겐 용납하기 어려운 것이다."

배 위에서 선원들이 웅성거리는 것이 느껴졌다.

운정은 나지막하게 말을 이었다.

"스톤 기사단은 마리아가 죽은 것, 그것에 가장 분노했지. 그리고 그 때문에 콘의 변명은 모조리 부정당했다. 아무 권한이 없어 아무 책임도 없는 마리아가 콘과 렉크의 싸움 때문에 죽었기 때문이다. 권한 없는 자가 책임을 진다. 이것을 그들은 용납할 수 없었던 것이다. 단순한 강자와 약자의 논리가 아니야. 그저 그것이 그들의 방식인 것이다."

부우우-!

어떤 배 하나에서 울린 낮고 긴 뿔피리 소리가 해양을 뒤덮었다.

그러자 운정을 바라보는 사람들의 숫자가 기하급수적으로 늘기 시작했다.

운정은 배들 사이에서 일어나고 있는 기의 파동을 느꼈다. 사람들의 시선으로 이뤄진 그 파동은 하나의 배로 향하고 있었다.

중앙에서부터 한참 왼쪽에 벗어나 있는 그 배는 다른 배들과 다를 것이 하나도 없었다. 하지만 각 배에 타고 있는 선장들이 그 배의 지시를 기다리며 눈치를 보고 있는 것이 운정의 눈에는 충분히 드러났다.

"저 배에 욘토르가 있는 것이 분명해."

지금까지 일직선으로 내달리던 운정의 몸이 일순간 틀어지더니, 그 배 쪽을 향해 빠르게 나아갔다.

반응은 즉각적이었다.

부우우-! 부우우-! 부우우-!

세 번의 뿔피리 소리가 그 배에서부터 울렸다. 그러자 각각의 배에 타고 있던 선원들은 지금까지 보여 주지 않았던 다른 흐름을 보이며 움직였다.

그리고 찰나 후.

팽팽한 활시위를 놓는 소리가 연달아 들리더니, 푸른 하늘을 까마득하게 메울 정도로 많고 많은 화살이 운정에게 다가오기 시작했다.

운정은 영령혈검을 앞으로 뻗고는 그 끝에서부터 바람의 힘을 일으켰다. 구의 형태를 띤 그것을 천천히 회전시켜 그 구에 부딪치는 모든 바람을 나선형으로 돌아가게 만들었다.

그러자 화살들도 나선형으로 운정을 빗겨 갔다.

파파파팍-!

운정이 밟은 바다 위로 마치 가시와도 같은 화살들이 꽂혔다. 그것들은 운정 주변에 파도를 일으킬 정도로 많았다.

하지만 그 화살 중 어느 것 하나 운정의 몸에 닿는 것이 없었다. 모두 바람의 구 앞에 그 궤도가 꺾여 버린 탓이다.

부우우-! 부우우-!

두 번의 뿔피리 소리.

그 배가 서서히 뒤로 움직이기 시작하더니, 그 배 양옆에 있던 배들이 촘촘하게 모이기 시작했다. 운정이 눈초리를 모아 보니, 각각의 배 위에 위치한 선원들이 양옆의 배에 달린 밧줄을 끌어당기면서, 앞으로 나가고 있었다.

마치 원의 지름이 짧아지면 그 둘레가 좁아지는 것과 같았다.

운정이 그 배들 앞 10m 가량에 도착했을 때는, 사람 하나 지나갈 수 없을 만큼 배들이 빼곡히 들어찼다.

그가 노리던 배는 이미 그 뒤로 빠진 상태였다.

운정은 검결지를 취하더니, 그대로 물속에 빠져들었다.

풍덩-!

운정이 자취를 감추자, 그를 향해서 각종 무기를 꺼내 든 선원들이 당황한 표정을 지었다.

바다 안.

수압은 기압과 비교했을 때 수십, 수백 배는 더 무거운 듯했다.

수영을 배운 적이 없었던 그는 오로지 기의 운용으로만 앞으로 치고 나갔는데, 영령혈검을 앞에 세움으로써 반발력을 최소화시켰다.

"푸하-!"

배를 지나온 운정은 마찬가지로 바다 위에 섰다. 그가 슬쩍 뒤를 보니, 이제 막 선원들이 속속들이 선미에 도착한 듯싶었다.

그들은 모두 얼빠진 표정을 짓고 있었는데, 아마 운정이 잠수하리라고는 생각하지 못한 듯 보였다.

사실 조금만 생각해 보면 당연한 것이기도 하지만, 인간이 물 위를 내달리는 황당한 광경을 보며 그 생각을 하기는 참으로 어려웠던 것이다.

운정은 그 배들을 뒤로하고 이제 저 멀리 앞서 나가는 배 하나를 노려보았다.

과연 욘토르 백작이 그 배의 말미에서 운정을 노려보고 있었다.

운정은 다시금 선기를 일으켜 그 배를 순식간에 따라잡았다. 이렇다 할 방해가 없어서, 그가 제운종을 펼쳐 갑판 위에 올라가기까지 큰 어려움은 없었다.

탁.

갑판 위에는 다양한 사람들이 있었다.

일반 선원으로 보이는 사람들이 대부분이었지만, 개중에는 배와 전혀 어울리지 않는 사람들도 있었다.

첫째로는 짤막한 지팡이를 든 마법사 하나.

둘째로는 붉은 갑옷을 입은 기사들 십여 명.

셋째로는 몸 전체에서 귀티가 흐르는 귀족 셋.

"너, 너는!"

붉은 갑옷을 입은 기사들은 당황한 표정으로 서로를 돌아봤다.

운정 또한 그들과 안면이 있었다.

"임모탈(Immortal) 기사단이군요."

그들을 처음 마주했던 것은 소론이었다. 이후 제국에서 듣기로는 그들은 원래 노예의 신분인데, 그중 평생을 임모탈 기사단으로 복무해야 하는 자들이 아다만티움 갑옷을 훔치고 도주했다는 것이었다.

운정의 시선이 서서히 움직여 그들 사이에 있는 마법사를 향했다. 특히 그 마법사가 들고 있던 지팡이 끝을 바라보았는데, 그곳에서부터 퍼져 나오는 모종의 힘으로 인해서 배 안의 마나는 완전히 멈춰 있었다.

"이 느낌은, 노마나존(No Mana Zone)입니까?"

그 마법사는 다부진 표정으로 뒤로 슬쩍 물러났고, 이에 임모탈 기사단이 그 주변으로 모여들며 마법사를 보호했다. 노마나존이 없다면 운정의 신기를 막을 도리가 없다는 것을 잘 아는 듯했다.

운정은 이제 마지막으로 고개를 돌려 귀족들을 바라보

았다.

의회장에서 보았던 욘토르, 그리고 성벽 위에서 봤던 조나단 외의 처음 보는 인물이 있었다. 그는 제국의 귀족들이 입는 옷을 입고 있었는데 천년제국 사람인 듯싶었다.

욘토르가 말했다.

"운정 도사로군. 의회장에서 한 번 봤었지."

운정은 포권을 취했다.

"안녕하십니까, 욘토르 백작님. 이 불필요한 전쟁을 끝내기 위해서 이렇게 난입하게 되어 유감입니다."

욘토르는 피식 웃더니 말했다.

"자신감이 대단하구먼. 하기야, 바다 위를 그리 뛰어서 올 수 있는 능력을 지녔다면 우리 같은 보통 인간들이야 벌레만도 못하게 보이겠지."

"왜 제가 그렇게 생각할 거라고 가정하십니까? 힘이 강하다 하여 그 아래 있는 자들을 꼭 벌레 같이 보리라는 믿음은 어디서부터 근거한 것입니까?"

"그야 그것이 인간의 본성이니까."

"그것이 인간의 본성인지 아닌지는 모르겠지만, 욘토르 백작님의 본성임에는 틀림없군요. 욘토르 백작님은 스스로가 인간이면서, 인간이 그렇다 하였으니까요."

"……."

욘토르가 아무 말도 못 하고 그를 노려보자, 운정이 그에게 다시 말했다.

"전 렉크 백작님에게 피를 최소한으로 흘리겠다 약조했습니다. 그러니 욘토르 백작님만 모셔 가면 그 누구도 더 피를 흘릴 이유는 없습니다."

그 말에 조나단이 크게 외쳤다.

"네가 무슨 마법으로 이곳까지 온지는 모르겠으나, 그 마법을 이곳에서 시전할 순 없을 것이다! 여긴 노마나존이 있어! 아무리 위대한 마법사라도 이 안에서는 일개 인간에 불과하다!"

운정은 방긋 웃으며 말했다.

"그러한지 그러하지 않은지 꼭 시험해 봐야 아시겠습니까?"

"뭐라고! 건방진!"

그때 임모탈 기사들 사이에서 한 기사가 걸어 나왔다.

그가 말했다.

"피를 최소한으로 보겠다는 것은 무슨 뜻이지?"

운정이 대답했다.

"말 그대로 욘토르 백작만 렉크 성에 데려갈 것입니다. 그러면 이 전쟁은 자동적으로 끝나게 될 것입니다."

욘토르는 하늘을 향해서 너털웃음을 흘렸다.

그러곤 말했다.

"더 들어 줄 것도 없군. 임모탈 기사단! 모두 함께 저자를 죽여라!"

그의 명령에 임모탈 기사단들이 앞으로 한 발짝 나왔던 그 기사를 바라보았다.

그 기사는 다시금 한 발 더 나서면서 욘토르에게 말했다.

"백작님, 죄송하지만 저희 기사단 전체가 한 사람에게 달려들 수는 없습니다. 이는 명예가 실추되는 일입니다."

그 말에 욘토르가 눈살을 찌푸렸다.

그리고 그의 옆에 있던 조나단이 화를 냈다.

"뭐라고? 너희가 진짜 기사단인 줄 아느냐? 너희는 용병이다! 돈을 받고 고용된 용병! 그런데? 용병이 고용인의 말대로 하지 않는다는 게 무슨 말……."

그때 욘토르가 손을 들어서 조나단의 말을 막았다.

그러곤 직접 말했다.

"그럼 어쩌자는 것이지? 너희는 내 신변을 지켜 주기로 하고 욘토르 가문을 대표해서 결투에 임하기로 계약했다. 그런데 이제 와서 그럴 수 없다면 계약을 파기하겠다는 것이냐?"

그 기사는 잠시 말이 없다가 조용한 목소리로 말했다.

"저자와 결투를 하게 해 주십시오."

"결투?"

"예, 제가 직접 나서겠습니다."

그 말을 들은 욘토르는 팔짱을 끼며 말했다.

"뭐, 결투를 하겠다면 해라. 하지만 패배했을 땐 더 이상 고집 피우지 못할 것이다."

그 말에 기사는 몸을 돌려 운정을 바라보았다.

그러곤 운정에게 말했다.

"결투를 신청하겠다."

운정이 대답했다.

"기사단 전부 달려들어도 괜찮습니다. 당신들에게 피해가 가지 않게 할 것입니다."

그 기사는 고개를 젓더니 말했다.

"그렇다고 한들, 그리할 수는 없다."

그는 허리에 달린 검을 뽑아 들었다.

그것을 본 운정이 무심코 물었다.

"혹, 욘토르와 렉크가 사이에 있던 두 번의 결투에 임하셨던 분입니까?"

그 기사는 자세를 잡더니 고개를 한 번 살짝 끄덕였다.

"그렇다."

운정 또한 느릿하게 고개를 끄덕였다.

"그렇군요. 좋습니다, 선공하시지요."

기사는 크게 앞으로 나가며 검을 휘둘렀다.

그런데 그 모습이 마치 무림인의 그것과 같이 빠르고 강했다.

쉬이익-!

쇄도하는 검.

그것은 바닷바람을 가르며 날아왔는데, 마치 힘껏 집어 던진 것과 비슷한 속도였다. 하지만 분명 그 검 뒤에는 사람의 형체가 따라오고 있었으니, 던진 것은 아니다.

무림인의 보법에도 견줄 만한 속도.

운정은 영령혈검을 고쳐 잡고는 오른쪽으로 나가듯 휘둘러, 그 검을 맞상대했다.

후욱-!

놀랍게도 그 검은 운정의 영령혈검을 그대로 통과해서 운정의 몸에 떨어졌다.

이에 운정은 순간적으로 당황했지만, 현천보를 펼쳐서 한 끗 차이로 그 검에서 벗어났다.

문제는 그 이후.

자세가 흐트러진 터라 후속타는 피할 수 없어 방어해야 했다. 그런데 만약 영령혈검이 그 검을 막아 내지 못한다면 꽤나 고생할 것이 분명했다.

운정은 찰나의 순간 동안 고심했다. 영령혈검이 왜 그 검을 막지 못했을까? 그는 전에 영령혈검이 마법사의 손을 그냥 통과했던 것이 기억났다.

노마나존에선 물체에 내력을 담는 것조차 불가능하다. 그러니 액체와 고체 중간 형태로 있는 영령혈검이 내력 없이 물체를 막지 못하는 것은 어찌 보면 당연했다.

생각을 마친 운정은 이후 들어올 후속타를 기다렸다.

하지만 후속타는 없었다.

그를 공격했던 기사가 우두커니 선 채로 가만히 있었기 때문이다.

그 기사의 목 언저리에는, 그 기사의 검을 뚫고 지나간 영령혈검이 있었다.

이제 보니 그 기사도 똑같이 당황한 것이다.

운정과 그 기사는 동시에 한 발짝 물러났다.

"그 검… 뭐지?"

"무공을 익히셨습니까?"

두 질문이 오가자 작은 소강상태가 이뤄졌다.

그 기사는 고개를 한 번 까딱하면서 먼저 말하라고 신호했고, 이에 운정이 먼저 대답했다.

"영령혈검이라 합니다. 저도 아직 다 이해하지 못한 물질입니다."

기사는 눈초리를 좁히더니 말했다.

"무공이 아니다, 마법이지. 데모나이즈(Demonize)라 한다. 너희 중원인들과 맞먹는 신체적인 능력을 얻게 해 주지."

운정 또한 눈초리를 좁혔다.

"전에 소론에서 임모탈 기사들이 보여 줬던 그것이로군요. 노마나존에서도 가능한 것입니까?"

"몸 안에 직접 작용하는 것이니까."

"그것을 통해서 무공을 익힌 흑기사들을 상대할 수 있으셨군요. 아니, 압도적이셨으리라 믿습니다."

"그렇지."

운정은 루스가 마공이 사악한 마법과도 같다고 한 것과 카이랄이 언급했던 것이 동시에 떠올랐다.

하지만 의문이다.

그러한 마법이 있었다면, 진작 파인랜드에 보편화되었어야 한다. 보편화되지 못했다면, 그럴 만한 이유가 있었을 것이다.

운정의 날카로운 시선이 뒤에서 노마나존을 시전하고 있는 마법사에게로 향했다.

"저 마법사도 어둠에 속한 마법사겠지요. 저 마법사가 걸어 준 겁니까?"

기사는 고개를 끄덕였다.

"그렇다."

그때 욘토르가 큰 소리로 외쳤다.

"언제까지 잡담을 나눌 생각이냐! 어서 처리해라!"

기사는 귀찮다는 듯 욘토르를 흘겨보더니, 검을 앞으로 뻗으며 먼저 말했다.

"이름이 운정이라 했나?"

운정이 고개를 끄덕였다.

"그렇습니다."

그 기사는 심호흡을 한 뒤 나지막하게 말했다.

"난 임모탈 기사단의 캡틴 스파르타쿠스다. 꼭 기억해 두길 바란다. 나 또한 네 이름을 기억하지."

그 이름을 듣는 순간 운정의 눈이 크게 떠졌지만, 스파르타쿠스가 먼저 돌격하는 바람에 운정도 가만히 당하고만 있을 수는 없었다.

부우웅-!

역시 인간의 힘을 현저하게 뛰어넘은 속도로, 스파르타쿠스의 검이 하늘에서 떨어졌다. 운정은 보법을 펼치면서 몸을 한 바퀴 돌려 그 검을 피해 냈다. 그런데 그 검이 땅에 닿기 직전 우뚝 서더니, 갑자기 쭉 스파르타쿠스의 얼굴까지 잡아당겨졌다.

쇄애액-!

그리고 쇄도하는 찌르기. 운정은 고개를 살짝 꺾음으로써 그 검을 피해 냈다. 그리고 영령혈검을 그의 옆구리를 향해 크게 휘둘렀다.

캉-!

영령혈검 속에 떠다니는 미스릴 조각이 아다만티움 갑옷에 튕기면서 검 전체에서 반발력이 느껴졌다.

아무것도 베지 못하니 차라리 검을 내버리고 권각술을 펼치는 것이 더 좋을 것 같다.

스파르타쿠스는 운정의 검이 허무하게 튕겼다는 것을 깨닫고는 다시금 검을 고쳐 잡아 안쪽으로 빙글 돌렸다. 안 그래도 반발력으로 인해 몸에서 떨어진 영령혈검을 아예 운정의 손에서 놓치게 만들 심산이었다.

후욱-!

하지만 이번에도 스파르타쿠스의 검은 영령혈검을 지나가 버렸다.

이에 그들은 동시에 깨달았다.

미스릴 조각에 부딪치면 그 전체에 부딪친 것처럼 되고, 그 외 반투명한 붉은 검신에 부딪치면 물질을 그냥 흘려 버린다는 사실을.

기사는 피식 웃더니 뒤로 두 발자국 물러났다.

"왼손에 잡은 그 검은? 왜 안 쓰지?"

운정은 태극검법의 자세를 잡아 가며 말했다.

"그것은 검결지를 대신하는 것입니다. 그에 관해서 경계하지 마십시오. 쓸 일 없으니."

솔직한 운정의 말은 그 자신감이 엿보이기도 했지만 예의를 갖추고 있기도 했다.

그가 이것을 생사혈전이 아니라 비무로 생각했기 때문이다.

"……"

이를 느낀 스파르타쿠스는 잠시 운정을 바라보다가, 곧 검을 검집에 넣었다.

그리고 투구를 벗어 던져 그의 얼굴을 보여 주었다.

"뭐, 뭐 하는 짓인가?"

조나단의 물음에도 스파르타쿠스는 그에게 일절 대답하지 않았다. 그는 투구를 아무렇게나 벗어 버리고는 긴 머릿결을 뒤로 쓸어내린 뒤에 말했다.

"넌 참으로 대단한 기사다."

"그저 무공의 힘일 뿐입니다."

스파르타쿠스는 웃음을 머금으며 말했다.

"바다를 뛰고 하늘을 날아다니는 그 엄청난 힘을 가진 것 때문에 네가 대단하다는 것이 아니다. 내가 널 대단하다고 말하는 것은, 그러한 힘이 노마나존에 의해 봉인당했음에도 그 마음에 전혀 흔들림이 없다는 점이다."

운정은 그를 보고 마주 웃었다.

"노마나존을 몇 번 경험해 봤습니다. 그래서 익숙한 것뿐입니다."

스파르타쿠스는 어깨를 몇 번 돌리더니, 다시금 검을 뽑아 운정을 향해 뻗으면서 말했다.

"나는 잘 안다. 데모나이즈 주문이 끝날 때 찾아오는 무력감은 사람의 영혼을 썩게 만들지. 이는 우리 기사단 내에도 많은 이들이 공감하는 것이다. 한 손으로 투핸디드소드(Two handed Sword)를 휘두르고, 발길질 한 번으로 적 기사를 멀리 차 버리다가, 평범한 인간으로 돌아오게 되면 때때로 자살 충동까지 느끼곤 한다."

"……."

"그런데 그보다 더한 힘을 지녔다가 잃어버리면… 그때 찾아올 무력감은 상상하기조차 싫군. 그런데 그것을 이토록 겸허하게 받아들일 수 있는 네가… 정말로 존경스럽다."

운정의 미소가 더욱 깊어졌다.

"방금도 말했지만, 다 경험해 봤던 것이기 때문에 익숙해진 것뿐입니다."

"힘을 잃어버리는 것에 익숙한 그 자체로도 경이로운 것이지."

"……."

스파르타쿠스는 결연한 빛을 두 눈에 담았다.

"널 넘어서기 위해선 더 이상 애들 장난처럼 싸울 순 없을 것 같다. 생명을 걸고 싸움에 임하도록 하지, 운정."

운정은 고개를 끄덕였다.

"마음껏 그리하십시오."

생사혈전의 선포.

그 이후 스파르타쿠스의 눈빛이 연보랏빛으로 물들더니, 이내 짙은 살기를 머금기 시작했다. 이는 마치 마인이 마공을 극성으로 펼치는 것과 같았다.

운정은 영령혈검을 앞으로 뻗어서 그 검신 안을 바라보았다.

그러면서 시아스의 심장에서 마를 긁어냈던 때를 기억했다.

그때는 의지로 영령혈검 내에 유영하던 미스릴 조각을 마음껏 부렸었다.

지금이라고 하지 못할 리는 없었다.

그는 의지를 모아서 영령혈검에게 전달했고, 그러자 영령혈검 내부의 미스릴 조각이 그에 반응하며 그의 뜻대로 이리저리 움직였다.

노마나존 안에 있음에도 말이다.

운정이 그 이치에 대해 감을 잡아 갈 때쯤, 스파르타쿠스가 갑자기 다리를 굴러 크게 도약했다. 그리고 마치 하늘에서 추락하는 것처럼 운정을 향해서 검을 찔렀다. 그의 두 눈에 가득했던 살기는 이제 그의 전신에서 폭사되고 있었다.

운정은 영령혈검을 앞으로 부드럽게 내밀었다. 그리고 그

끝에 미스릴 조각을 모아 주었다.

스파르타쿠스의 검끝이 영령혈검의 검끝에 닿았다.

원래 같았으면 그대로 충돌하여 서로 뒤로 물러났을 것이다.

하지만 운정의 힘도, 스파르타쿠스의 힘도 보통 인간의 힘을 현저하게 벗어난다.

그래서 그 두 검은 서로 물러나지 못했다.

하나가 질 때까지.

스륵-!

그때 날카로운 미스릴 조각이 스파르타쿠스의 검의 중앙을 살짝 파고들었다. 그리고 그 틈으로 다른 미스릴 조각들이 몰려들었다.

이내 스파르타쿠스의 가공할 힘에 의해서 쭉 밀려진 그의 검은 영령혈검에 그대로 베어지면서 마치 떡잎을 내는 새싹처럼 반 토막이 났다.

그 충돌은 영령혈검의 끝이 스파르타쿠스의 검 손잡이까지 도달해서야 끝났다.

"……."

"……."

꽃잎처럼 바깥쪽으로 휘말려 들어간 두 반쪽짜리 검신.

그 중앙에는 선홍빛으로 빛나는 영령혈검이 있었다.

누가 보면 그 둘이 한 예술 작품을 들고 있는 것처럼 생각할 것이다.

그 누구도 감히 말을 못 하는데, 운정이 입을 열었다

"더 하시려면 다른 기사들에게 검을 빌리셔도 됩니다."

그는 평생 보지도 듣지도 못한 그 광경에 얼이 빠진 채로 고개를 슬쩍 돌려 마법사 쪽을 보았다. 혹시라도 노마나존이 풀린 것이 아닌가 하는 의심이 든 것이다. 하지만 마법사는 즉각 고개를 흔들면서 그런 것이 아니라 했다.

스파르타쿠스는 검을 잡은 손에서 힘을 뺐다.

쿵.

바닥에 떨어진 검을 바라보며 그가 나지막하게 말했다.

"어떻게 한 거지?"

운정은 방긋 웃었다.

"제 검이 조금 더 좋았나 봅니다."

이때 욘토르가 큰 소리로 외쳤다.

"임모탈 기사단! 지금 뭐 하는 건가! 가만히 저걸 지켜볼 생각인가! 어서 저자를 죽여라! 죽이라는 말이다!"

그의 큰 외침에도 임모탈 기사단은 단 한 명도 움직이지 않았다.

이에 조나단도 가세해서 말했다.

"어서! 아버님의 말을 듣지 못하겠느냐! 너희가 계약한 대로 이행하란 말이다!"

그 말에 스파르타쿠스가 고개를 살짝 돌리더니 말했다.

"지금 이걸 보고도 하시는 말씀이십니까? 노마나존에 데모나이즈 주문까지 동원하고도 이렇게 압도적으로 패배했습니다. 여기서 우리 전체가 달려든다고 해서 달라질 것이 있다고 보십니까?"

욘토르의 표정이 일그러졌다.

"뭐라고! 이 쓸모없는 놈! 쓸모도 없는 놈들이야! 그러니까 제국에서 도망이나 쳤지! 한때 제국의 기사단이라고 불리던 놈들이 이토록 엉망일 줄이야!"

스파르타쿠스의 눈빛이 서늘해지더니, 그가 나지막하게 말했다.

"계약기간은 렉크가와의 결투에 세 번 임하기까지, 그 내용은 욘토르 백작님의 신변을 지켜 드리는 것입니다. 지금 그 세 번이 완료되었으므로, 계약은 모두 이행한 셈입니다."

욘토르는 기가 찬 듯 말했다.

"뭐, 뭐라고? 그래서 이 와중에 결투를 한 것인가!"

스파르타쿠스는 운정을 돌아보며 말했다.

"당신이 욘토르 백작에게 무엇을 하든 우리는 관여치 않겠습니다."

운정은 포권을 취했다.

"좋습니다."

그는 천천히 욘토르에게로 걸어갔다. 그러자 욘토르는 분노에 찬 표정으로 그를 뚫어지게 바라볼 뿐 조금도 물러서지 않았다.

그가 운정에게 씹어 내뱉듯 말했다.

"머혼이 개새끼 한 마리는 아주 잘 길렀구나. 좋다. 나를 데려가라. 데려가서 그놈과 내가 직접 이야기하겠다! 카악."

그가 입에 가래를 모으자, 운정은 순식간에 움직여 그의 미간을 툭 하고 쳤다. 그러자 그가 가래침을 뱉기 바로 직전 정신을 잃고 앞으로 꼬꾸라졌다.

"아, 아버지."

운정은 옆에서 어쩔 줄 몰라 하는 조나단을 향해서 말했다.

"머혼 섭정에게 듣자 하니 전쟁이 끝나면 욘토르 가문의 가솔들을 모조리 처형할 거라 하더군요. 그래도 렉크 백작은 자비로운 사람이라 아마 당신들에게도 살길을 내줄 겁니다. 그러니 앞으로 잘 처신하시길 바랍니다."

"……"

조나단은 격한 숨을 내쉴 뿐 더 말하지 못했다.

운정은 욘토르를 가볍게 안아 들더니, 임모탈 기사단 사이에 있던 마법사에게 말했다.

"노마나존은 쉽게 펼치고 유지할 수 있는 마법이 아니라 들었습니다. 그런데 당신은 꽤나 쉽게 펼치는 듯하군요."

"……."

그 마법사가 아무 말 하지 않자, 운정은 의심되는 바를 솔직히 말했다.

"제가 알기론 지금까지 노마나존을 사용하는 마법사들은 모두 청룡궁과 연관이 있었습니다. 혹 당신도 그렇습니까?"

청룡궁이란 이름을 듣자 그 마법사의 두 눈이 크게 떠졌다. 그것만 보더라도 확실히 연관이 있는 듯했다.

그 마법사는 입을 다물었다.

운정은 시선을 옮겨 스파르타쿠스를 보았다.

스파르타쿠스는 눈을 반쯤 감더니 말했다.

"미안하지만, 저 마법사는 우리 기사단의 동행이다. 저자에게 볼일이 있다면 우리를 먼저 상대해야 할 것이다."

운정은 고개를 저었다.

"전 제가 말한 대로 욘토르 백작과 함께 물러날 겁니다. 다만… 혹 크릭수스라는 사람을 아십니까?"

스파르타쿠스의 눈에서 적의가 완전히 사라졌다.

"크, 크릭수스? 네가 그를 어떻게 알지?"

운정이 대답했다.

"그가 말을 전해 달라고 했습니다."

이후, 운정의 입술이 달싹였으나, 소리는 나오지 않았다.

그러나 스파르타쿠스는 뭔가 들은 듯 그 두 눈이 보름달처럼 커졌다.

"사, 사실인가?"

스파르타쿠스의 말에 운정은 고개를 끄덕였다.

"그에게 직접 들은 것입니다."

"……."

스파르타쿠스가 말을 잇지 못하는데, 임모탈 기사단 전체가 그를 바라보았다. 결의와 환의가 뒤섞인 그 눈빛들은 크릭수스가 스파르타쿠스에게 무슨 말을 전했을지 짐작한 눈치였다.

운정은 바닥에 엎어져 있는 욘토르를 들었다. 그리고 황당한 표정을 짓고 있는 조나단에게 말했다.

"렉크 백작님은 자비로운 분이니, 아마 욘토르 백작님은 무사할 겁니다. 제 말을 명심하십시오, 욘토르 주니어. 당신이 제 말의 의미를 알아들으셨으면 합니다."

그는 그렇게 말한 뒤 제운종을 펼쳐 갑판 밖으로 뛰었다.

탓. 탓. 탓.

그대로 바다 위를 밟아 계속해서 앞으로 나아갔다.

어깨 위로 욘토르를 짊어지고 있었지만, 크게 어렵지 않았다. 과거 조령령을 짊어지고 펼쳤을 때와 비교하면 아무것도 들지 않은 것과 같았다.

앞에는 수많은 배들이 있었지만, 아무런 움직임도 보이지 않았다.

"다행히 조나단이 막으려 하지 않는군."

운정은 그렇게 유유히 배들을 지나 다시금 렉크 성으로 달려 나갔다.

반쯤 지나왔을까?

막 정신이 든 욘토르가 잠시 당황한 눈길로 사방을 훑어보는데 운정이 말했다.

"가만히 있지 않으시면 바다 한가운데 떨어질 겁니다. 육지까지 거리가 멀어서 헤엄쳐 오는 것도 불가능할 겁니다."

순식간에 지나가는 수면을 바라본 욘토르는 자신이 꿈이라도 꾸는 것 같았다.

하지만 젊을 적 온갖 경험을 다 한 그는 곧 이성을 되찾을 수 있었다.

그가 나지막하게 말했다.

"상대방이 침을 뱉을 땐 피하지 말고 맞아야 해. 그게 우리 전통이야."

운정은 살짝 웃었다.

"재밌는 전통이로군요. 보아하니, 모욕을 당했을 때 하는 겁니까?"

"그냥 기분이 더러울 때, 그리고 그렇게 내 기분을 더럽게 한 놈이 눈앞에 있을 때. 그때 하는 거다."

"그럼 침을 맞은 상대방도 기분이 더럽지 않습니까?"

"동급자라면 대부분 칼을 뽑든가 하지. 하지만 나는 군도의 백작이니까, 내가 침을 뱉으면 다 그냥 맞아. 그러다 보니 거의 뭐 버릇처럼 됐지."

"렉크 백작님도 그런 것처럼 보였습니다."

욘토르는 피식 웃었다.

"아, 그래. 그놈 얼굴엔 한 백 번은 뱉었을 거다."

"……."

"그나저나 속이 메스꺼워서 그러는데, 그냥 등으로 안아 주면 안 되나? 어깨에 매달린 상태로 더 있다가는 자네 머리 위에 구토를 할 거 같아."

운정은 오른손을 살짝 흔들었다. 그러자 바람의 힘이 흘러나와 욘토르의 몸을 둥실 띄웠다.

운정의 등 뒤에 안착한 욘토르는 이마의 식은땀을 닦으며 말했다.

"한결 낫군."

운정은 욘토르 백작의 표정을 볼 순 없었지만, 그가 편안한 표정을 하고 있으리라 생각했다. 목소리에서 배어 나온 편안함이 너무나 자연스러웠기 때문이다.

운정이 물었다.

"왜 전쟁을 일으키셨습니까?"

"……."

"한 달이라는 시간이 너무 길었습니까?"

뒤에서 욘토르의 작은 한숨이 들렸다.

"델라이의 내전은 이미 거의 끝나 가고 있다. 머혼 쪽이 전부 다 해 처먹었어. 애초에 숫자가 두 배였으니까 당연한 결과지. 한 달 뒤면? 아마 나 빼고는 전부 죽을 거야. 그래서 맘 놓고 기다릴 수는 없었다. 그 전에 군도 전체의 분쟁을 종결하고 국가를 선포해 놔야, 타국도 우리를 정식으로 지원할 명분이 생겨. 다른 사왕국이나 제국 모두 내정 간섭이라는 그 이유 하나 때문에 적극적으로 개입을 못 하는 거니까."

"……."

"그런 당연한 질문을 하는 걸 보면, 우리 중원에서 오신 손님은 정치에 관해선 아예 모르나 보군? 하기야 바다 위를 뛰어다니고, 배 위로 날아오를 수만 있다면 그딴 정치 알 게 뭔가? 그냥 다 때리고 부수고 지워 버림 그만인데? 안 그래?"

운정이 나지막하게 말했다.

"협이 없다면 무는 의미가 없습니다."

낯선 단어에 욘토르가 되물었다.

"협? 무?"

"중원에서 말하는 힘과, 그 힘을 사용하는 법입니다. 힘을 사용하는 법을 모른다면 그 힘은 의미가 없습니다. 그저 자연재해와 같지요. 아무것도 만들지 못하는 폐해일 뿐입니다."

욘토르는 피식 웃었다.

"글쎄, 우리 바다 사내들은 태풍을 가장 겁내지. 바다에 나갈 때 절대로 만나지 않았으면 하는 거야. 하지만 그 태풍이 쓸고 간 바다는… 물고기가 아주 잘 잡혀. 평소에는 본 적도 없는 놈들이 막 튀어나온다니까?"

"……."

"자연재해도 다 이유가 있어서 일어나는 거 아니겠나?"

그 말이 다 끝나기도 전에 운정이 물었다.

"그래서 영지민까지 모두 동원해서 전쟁을 일으키신 겁니까? 태풍을 일으키려고?"

욘토르는 무슨 생각을 하는지 꽤나 오랜 시간 말이 없었다.

그러나 이내 입을 열었다.

"내가 영지민을 모두 동원했다고 생각하는가? 폴도 그렇게 생각했어?"

운정이 되물었다.

"폴?"

"렉크 백작 말이야."

"……."

"정말이군. 흐음, 하기야, 젊은 적이나 해적들 소탕하겠다고 하루 온종일 같이 있었지, 나이 먹고는 솔직히 잘 만나지도 못했지. 그러니 그런 오해를 할 수도 있겠어. 내가 섭섭해할 게 못 되지."

운정이 물었다.

"그럼 욘토르 백작께서는 영지민들을 동원한 것이 아닙니까?"

욘토르가 대답했다.

"아니야, 저들은 스스로 모인 거다."

"……."

"못 믿나 보군."

"아니요, 그런 것은 아닙니다. 다만 의외여서."

욘토르는 하늘을 올려다보았다.

"솔직히 말하면, 내가 시작하지 않은 건 아니야. 델라이의 왕가는 죽었고, 군도는 더 이상 델라이에 충성할 필요가 없어졌으니 이제 우리들만의 나라를 세우겠노라고. 새로운 케네스 왕국을 세우겠노라고. 뭐, 그런 식으로 군도 내 귀족들에게 연설을 한번 하긴 했어. 당시에는 도주들이 렉크한테 붙을까 봐, 되는 대로 그냥 싸질렀거든. 그러다 보니 나도 내 연설에 취해서 말이야… 세상에 케네스 왕국이라니, 어릴 때 교육이 중요하긴 해. 역사 시간에 졸면서 들었던 게 그 순간에 갑자기 생각나지 뭔가? 나도 어이가 없어서."

"……."

"그런데 갑자기 다들 무슨 바다에 남편을 빼앗긴 미망인들 마냥 불타올라서 말이야. 사제인 자네는 잘 모르겠지만, 그런 여자들은 한번 달아오르면 지가 만족할 때까지 놔주질 않아. 딱 그 꼴이었지. 그래서 내가 혓바닥을 아주 거세게 놀렸어. 여자들 아래 있을 때도 그렇게 혓바닥이 잘 돌아간 적이 없었거든? 그러더니 놈들이 크게 만족했는지, 다들 자기 섬으로 돌아가서는 기사들하고 영지민까지 전부 내주는 거 아니겠어? 미망인들이 딱 그렇거든? 한번 침대에서 잘해 주면 이후에 집에 있는 음식이고 뭐고 막 갖다줘. 귀찮을 정도로."

"……."

"참 나, 아주 별 얘기를 다 하는군. 하기야, 이 얘기는 폴한테도, 내 자식한테도, 나의 충성스러운 신하한테도, 못 할 얘기니까. 아무 연고도 없는 자네한테 해야지 누구한테 하겠나?"

운정이 나지막하게 말했다.

"욘토르 백작님도 떠밀리셨군요."

욘토르는 가래를 모았다. 그리고 바다를 향해서 뱉었다.

"카악! 퉤! 태풍을 한 개인이 어떻게 일으키나? 그건 그냥 바다가 정하는 거고, 그 뜻에 따라서 일어나는 거지. 내 혓바닥에서 시작한 건 맞긴 하지만, 그렇다고 내가 일으킨 건 아니야."

"그럼 아까 말한 정치적인 이유는 거짓말입니까?"

"거짓말은 아니야. 내 혓바닥이 시작한 건 맞다니까? 하지만 그렇다고 내가 전쟁을 일으킨 건 아니라고. 뭔 말인지 모르겠어?"

말 자체는 모순투성이었지만, 그 의미는 왠지 모르게 이해가 갔다.

운정이 물었다.

"혹 책임만 회피하려는 겁니까?"

"설마, 그런 말이 아니야. 그냥 내 심정을 말한 것뿐이다. 이런 망망대해에서 이렇게 단둘이 있다 보면 자기 내연녀 이야기까지 다 하게 마련이지. 우리가 뭐 지금 딱히 표류하는 건 아니지만, 그냥 그런 기분이 들긴 해. 뭐, 내 입장에선 표류가 맞긴 하지. 곧 뒈질 게 확실하니."

"제 생각이지만, 렉크 백작께서는 당신을 살려 주실 겁니다. 그는 자기를 배신한 기사도 살려 주실 정도로 자비로운 분이니까요."

욘토르는 상체 전체를 들썩거릴 정도로 크게 웃었다.

"크핫! 크하핫! 자비? 폴, 그놈이? 지금껏 들었던 농담 중에 제일 웃긴 소리군. 폴이랑 나랑 젊을 적 해적을 소탕할 때 만날 싸웠던 이유가 뭔지 아나?"

"무엇입니까?"

"해적들을 놔줄까, 아니면 죽일까. 이걸로 만날 싸웠다. 폴이 어느 입장이었을까? 한번 맞혀 봐라."

운정은 단조롭게 말했다.

"렉크 백작이 죽이자는 쪽이었겠군요."

"그래, 그놈은 해적뿐만 아니라 그 아들들까지도 죽였어. 후환을 남겨놔선 안 된다고. 대신 그들의 아내와 딸들은 그냥 살려 두었지. 뭐, 어차피 그들 입장에선 남편이 해적이든 어부든 똑같으니까. 만날 집에 없지. 가끔씩 들러서는 돈 던져 주고 사라지지. 그러다가 어느 날 바다에서 수장됐는지 다시는 찾아오질 않아. 그렇잖아? 바다 여자들은 그들 나름 삶의 방식이 있지. 그러니 남편 얼굴만 바뀌었다 하고 그냥 사는 거야. 아무튼 그런 놈한테 무슨 자비가 있겠어?"

"……"

"그리고 그뿐인가? 그놈은 셋째야. 셋째니까 젊을 때 나랑 같이 해적이나 잡고 다녔지. 그런 놈이 어떻게 성을 물려받았겠어? 응? 첫째는 내가 죽여 줬고 둘째는 지가 죽였다. 그걸 보고 기겁한 넷째는 도망쳤지. 그놈이 왜 후손이 없는 줄 알아? 지 형제를 쳐 죽인 거 때문에 바다의 저주를 받아서 그래. 그래서 후사가 없는 거야."

"······."

"그러다가 웬 대륙 여자한테 빠져 가지고, 그년이 믿던 사랑교를 받아들였다지? 그래서 뭐. 그렇다고 지 본성이 사라지나? 응? 내 장담하는데, 오늘 나와 함께 바다에 나온 이들이 모두 죽어도, 지금까지 폴이 죽인 사람보다 숫자가 적을 거야. 그게 어디 가냔 말이야?"

"······."

"자비는 개같은 소리. 유언장이라도 남기게 해 주면 다행이지."

그래서일까?

지금까지 그가 한 시시콜콜한 말들이 모두 유언처럼 들렸다.

아니, 유언이 맞을 것이다.

*   *   *

덜컹.

첨탑의 창문이 다시 열리자, 방 안에 있는 모든 이들이 창문을 바라보았다. 렉크, 콘, 루스, 애들레이드, 스페라, 그리고 발칸 및 다른 기사 두세 명까지. 모두의 시선이 꽂힌 그곳에서 운정이 불쑥 튀어나왔다.

운정은 등 뒤에 업고 온 욘토르를 가볍게 바닥에 내려 주었다.

욘토르는 힘겹게 그 자리에 섰는데, 판단이 빠른 한 기사가 얼른 그에게 다가와 검을 뽑아 들고 그 목을 겨누었다.

운정은 멍한 표정으로 자신을 바라보는 이들을 향해서 미소 지으며 말했다.

"욘토르 백작을 데려왔습니다. 저들은 머리를 잃었으니, 전쟁은 끝이 나지 않을까 합니다."

모두 얼빠진 표정을 하고 있는데, 스페라가 먼저 운정에게 오더니 다급하게 말했다.

"그러다가 델로스에 위기가 닥쳤으면 어쩌려고 그랬어? 혹은 배에서 함정을 파 놨거나 하면? 충동적으로 움직이는 건 원래 내 몫이잖아. 네가 그렇게 나오면 진짜 아무도 못 말린다고!"

스페라는 연신 운정을 위아래로 훑어보았다. 그에게 이상이 없나 확인하는 듯했다.

운정은 포근한 표정으로 말했다.

"렉크 백작께 약속한 대로, 아무도 다치지 않고 이 전쟁을 끝내고 싶었습니다. 그래서 조금 무리한 감이 있었지요. 다만 델로스에 관련된 건 조금 염려가 되긴 합니다. 저쪽에서 어둠에 속한 마법사를 보았거든요. 청룡궁과도 연관되어 있는 듯합니다."

그 말에 스페라의 눈이 크게 떠졌다.

그녀는 설마 하는 표정을 지으며 반지를 내려다보았다. 이후 빠른 걸음으로 방 밖으로 나갔다. 머혼과 연락을 취하려는 것 같았다.

쿵.

렉크는 말없이 욘토르를 보고 있었다.

욘토르의 시선은 그의 가슴을 향해 있었다.

렉크가 뭔가 물어보려는데, 욘토르가 먼저 말했다.

"암살 시도가 있었나 보군, 폴?"

"기사를 잘못 둬서."

욘토르는 콘에게 시선을 던졌다.

"내 제안을 거절했다 들었는데?"

콘은 욘토르의 시선을 피해 버렸다.

그때 렉크가 욘토르에게 말했다.

"네가 성질 급한 건 애초부터 잘 알고 있었지만, 영지민까지 끌고 내 성 앞까지 올 줄은 몰랐다, 존."

존이라 불린 욘토르는 씨익 웃더니 콘 쪽으로 고개를 까닥하며 말했다.

"설마 진짜로 살려 둔 거냐? 암살 기도를 했는데?"

욘토르는 렉크의 말을 완전히 무시하고 자기 질문만 했다. 렉크는 그의 질문에 대답해 주었다.

"콘은 기사다. 기사에겐 재판권이 있어. 그에게는 자신을 변호할 수 있는 기회가 주어져야 한다."

"재판? 네가? 조금만 수틀리면 상대의 심장에서 칼을 꽂아 넣던 그 폴은 어디 가고 재판권이니 변호할 수 있는 기회니 하는 말 같지도 않은 소리를 하는 거냐?"

"난 달라졌다, 존. 네가 알던 폴 케인 렉크가 아니야."

욘토르의 시선은 다시 콘에게 향했다.

그는 허탈한 어투로 말했다.

"그 말은 누누이 들었지. 누누이 들었어. 하지만 믿진 않았어. 절대로 그럴 리가 없다고 생각했다. 그런데 자기를 암살하려던 휘하 기사가 재판을 받아야 한다고 살려 두다니. 참 나, 진짜 변하긴 했구나. 저런 쓰레기 새끼를 두고 말이야."

이에 콘의 얼굴이 시뻘겋게 변했다. 그러나 그는 두 눈에 눈물이 차오르는 것을 느끼고는 눈을 딱 감아 버렸다.

그는 자신이 분노할 자격도 없는 사람임을 잘 알았다.

렉크가 다시 물었다.

"왜 영지민까지 동원한 거냐. 왜 전쟁을 일으켰어?"

욘토르는 얼굴을 찌푸렸다.

"내 아들이 말을 잘못 전한 거냐? 아님 네가 못 알아들은 거냐."

"케네스 왕국을 세우겠다는 헛소리는 들었지. 그게 진심일 리가 없지 않나?"

욘토르는 으르렁거리듯 말했다.

"왜? 새로운 왕가가 욘토르가 되는 게 그리 아니꼬워? 그래서 네 딸을 내 아들한테 못 주겠다고 한 거냐? 그럼 애초에 네가 아들을 낳았어야지. 그게 내 잘못이냐? 네가 바다의 저주를 받은 게 나 때문이냐고? 난 단 한 번도 네게 살인을 부추긴 적이 없어. 그 반대면 모를까. 이번에도 마찬가지다. 네가 전쟁을 선택한 거야."

렉크는 나지막하게 말했다.

"어차피 그런 국가를 세워 봤자 오래 못 갈 게 뻔하다는 걸, 너도 나도 잘 알지 않느냐. 다른 사왕국에 지원을 받는다고 그들이 얼마나 군도를 지켜 주겠나? 미티어 스트라이크가 있는 델라이와 어떻게 싸울 거냐고. 큰 섬 두세 개 정도가 바닷물에 잠기고 나서 알아서 항복하게 될 거다."

"그건 모르는 일이지. 얼마나 외교를 잘하냐에 달린 일이야. 다른 사왕국 중 하나만 붙잡아도 델라이는 함부로 미티어 스트라이크를 쓸 수 없다."

"그러니까. 외교로 머혼 섭정하고 싸워서 이길 수 있다는 거냐?"

"그건 싸워 봐야 알지. 세상일은 모르는 것이니까."

렉크는 욘토르를 지그시 바라보다가 툭 하니 물었다.

"왜 그런 거야? 솔직히 얘기해 봐라. 왜 안 하던 짓을 한 거냐? 따뜻한 이불 속에서 귤이나 까먹을 나이에, 왜 영지민까지 끌고 와서 전쟁하겠다고 난리를 피우는 거냐? 덕분에 나도 이 나이에 칼을 맞고 말이지. 이게 뭐 하는 짓이야."

욘토르를 혀를 한 번 차더니 말했다.

"어디 저놈들이 내가 모이라고 한다고 모이는 놈들이냐? 지들이 모인 거야. 다 같이 모여서 나보고 왕이 되라고 하는데, 뭐… 어차피 곧 뒈질 텐데 왕이 되는 것도 나쁘지는 않잖아? 저기 저, 인간 미티어 스트라이크만 아니었어도, 아주 꿈은 아니었지."

"……."

욘토르의 시선은 운정을 향해 있었고, 사람들은 침묵으로 그의 말에 긍정했다.

갑자기 뛰쳐나가서는 적장을 납치해 온다?

적진에 홀로 쳐들어가 적장의 목을 베는 전설의 영웅들은 적어도 땅을 밟았다. 바다 위를 뛰었다는 건 전설이라 해도 너무한 거다.

근데 그걸 현실로 볼 줄이야.

인간 미티어 스트라이크라는 수식어도 사실 부족하다.

욘토르는 쿵 하고 코를 먹더니 말했다.

"그러니까, 날 공개적으로 처형한다고 해서 내 휘하 귀족들이 멈출지는 미지수다. 조나단이 곱게 돌아가자고 할지 모르지만, 선장들이 아마 따르지 않을 수도 있어. 그랬다간 선원들부터 반란을 일으킬 수도 있지. 헛바람을 크게 먹었거든."

그 말에 렉크가 씹어 내뱉듯 말했다.

"네가 일으킨 사태니 네가 책임져라, 존!"

욘토르는 코웃음을 쳤다.

"내게 책임 전가 할 생각은 마라. 난 엄연히 평화의 길을 제시했어. 진정성을 보이기 위해서 내 후계자를 혈혈단신으로 보냈다. 며느리와 손주들을 내칠 각오까지 했다. 그 청혼을 거절한 건 너야, 렉크. 그래서 이 사달이 난 거고. 네게도 책임이 있다."

"……."

렉크는 아무 말 하지 않았다, 아니, 못 했다.

그 말을 가만히 듣던 애들레이드의 얼굴이 점차 창백하게 변했다. 당시 조나단이 했던 말이 떠올랐기 때문이다. 위대한 가문의 책임이 무엇인지 갑작스레 실감하기 시작한 것이다.

그녀의 얼굴이 하얗게 변하는 것을 눈치챈 욘토르는 얼굴을 일그러뜨리며 물었다.

"설마, 네 뜻이 아니냐?"

"……."

렉크는 여전히 침묵을 지키며 욘토르의 시선을 피했다.

욘토르는 어이가 없다는 듯 고개를 흔들며 애들레이드를

바라보았다.

"도대체가… 내 상식으론 도저히 이해가 안 가는군. 설마 저 애가 결혼하기 싫다고 해서 청혼을 거절한 거냐? 그런 거야? 폴, 노환이라도 든 거냐?"

"……."

"그렇게 여자애를 사랑해서 뭐가 남는다고? 어차피 결국엔 다른 가문에 가서 다른 가문의 자식을 낳는다. 그런 존재일 뿐이야. 게다가 무슨 애새끼도 아니고. 중년이 되었는데, 그 투정을 받아 준다는 게 말이 되냐?"

렉크는 나지막하게 말했다.

"내 책임도 있다는 것을 인정하마. 그러니 더 말하지 말고, 이 사태를 어떻게 진정시킬지나 논의해 보자."

욘토르는 눈초리를 모았다.

"이미 일어난 태풍이야. 누구도 막을 순 없어. 너도, 나도, 그리고 저기 저 이계인도 마찬가지다. 이건 힘이 강하다 하여 막을 수 있는 종류의 것이 아니다."

방 안은 숨 막히는 침묵으로 가득 차기 시작했다.

그때 운정이 말했다.

"세 번째 결투를 하는 건 어떻습니까?"

"……."

"……."

아무도 반응하지 않자, 운정이 말을 이었다.

"원래 합의한 대로, 결투를 통해서 이번 전쟁의 결과를 정하는 것입니다."

욘토르가 운정에게 따지듯 말했다.

"네가 결투에 나오면 어차피 너희 쪽이 승리인데, 무슨 결투? 됐다."

그 말에 렉크가 말했다.

"네가 제안을 받고 안 받고 할 상황인가? 넌 엄연히 우리 쪽에 사로잡힌 몸이야. 널 그냥 처형할 수 있다는 걸 잊지 마라."

"그런다 한들 내가 왜 따라야 하지? 날 처형하려면 처형해라. 다만 알아 둬. 날 처형하고 나서 운정 도사를 통해 조나단까지 사로잡는다 해도, 내 성에는 아들이 둘이나 더 있다. 이번 전쟁은 어찌어찌 막을 수 있어도, 다음에 또 이런 일이 발생하지 않으리라는 보장은 없다는 거지."

"⋯⋯."

"아니, 애초에 그런다고 전쟁을 막을 수 있을까? 저들은 억지로 끌려 나온 자들이 아니야. 케네스 왕국이 건립되면 다들 직위가 올라가지. 렉크 휘하 영지를 빼앗아서 자기들 영지도 넓어질 테고. 그러니 곱게 안 돌아갈 수도 있어. 그땐 결국 피를 봐야 할 것이다."

렉크가 가만히 욘토르를 지켜보다가 툭 하니 대답했다.

"그럼 이렇게 하자. 너와 나, 둘이서 결투를 하는 것이다."

"아, 아버지!"

"백작님!"

애들레이드와 기사들이 놀란 눈빛으로 그를 보았다.

렉크는 계속해서 욘토르를 볼 뿐이었다.

욘토르의 한쪽 입꼬리가 서서히 올라가더니, 손가락을 들어 렉크를 여러 번 가리켰다.

"아하, 날 처형시키는 게 아니라 결투에서 죽이면, 내 휘하 귀족들은 모두 돌아가긴 하겠지. 더 이상 전쟁할 명분이 없으니까. 크하핫! 아직 안 죽긴 했구나, 폴. 하지만 말이다. 내가 왜 그래야 하지?"

렉크가 나지막하게 말했다.

"결투에서 얌전히 죽어 주기만 한다면, 네 세 아들들의 목숨을 보장하겠다. 나뿐만 아니라, 머혼으로부터도."

"……."

욘토르의 표정이 차가워지기 시작했다.

렉크가 말을 이었다.

"아까 그랬지? 케네스 왕국을 새로이 세우면 외교를 통해서 다른 사왕국의 보호 아래 델라이와 맞설 수 있다고. 하지만 그건 엄연히 네가 살아 있다는 전제하에 가능한 것이다. 오늘 네가 처형당했다 치자. 그리고 저들이 돌아가지 않고 전쟁이 일어났다고 쳐. 게다가 전쟁에서 승리해서 케네스 왕국까지 세워졌다고 치자. 이 모든 것이 일어날 확률도 극히 적지만 다 네 뜻대로 되었다고 쳐. 하지만 그 이후, 네 아들들이 과연 케네스 왕국을 유지할 수 있을까? 머혼 섭정을 상대로 외교전을 펼쳐서 다른 사왕국의 도움을 받아 델라이와 대립할 수 있을까? 네 도움 없이?"

처음으로 욘토르의 얼굴에서 여유가 사라졌다.

그는 한참 동안 렉크를 묵묵히 바라보다가 말했다.

"어렵겠지."

렉크가 바로 말을 이었다.

"그러니 나와 결투를 해라. 그리고 패배해. 그걸 통해서 네가 끌고 온 저 배들이 물러날 수밖에 없게 만들어. 그렇게만 해 주면, 이후 머혼의 손아귀에서 네 가문을 지켜 주겠다. 내이름을 걸고 약속하겠어."

욘토르의 시선이 렉크의 얼굴에 머무르다 점차 아래로 향하기 시작했다.

그가 깊은 생각에 빠지려는 그때, 문이 벌컥 열리더니 스페라가 안으로 들어왔다.

"운정!"

다급한 소리에 운정이 눈초리를 좁혔다.

"설마 델로스에 일이 벌어졌습니까?"

스페라가 밖으로 나오라는 손짓을 했다.

운정은 포권을 살짝 취해 보인 후, 그녀를 따라 나갔다.

첨탑의 방 밖 계단에 선 그녀는 지팡이를 휘둘러 간단한 마법을 시전했다.

은밀히 말하려는 것이었다.

"지금 당장 위험한 건 아니야. 하지만 전쟁의 조짐이 보이기 시작했대."

"어떤 조짐입니까?"

"사왕국 중 라마시에스라는 왕국이 있거든. 거기에 기사들과 마법사들이 밀집하는 모양이던데. 소론에 전쟁을 선포했나 봐."

소론이라면 델라이의 자치국이었다가 델라이와 전쟁까지 치른 나라로, 최근에 강대국에 의해서 이리저리 휘둘렸었는데, 또다시 전쟁의 발판이 되는 듯 보였다.

"머혼 섭정께서 귀환해야 한다고 합니까?"

"아직은. 하지만 언제고 일이 벌어질지 모르니까, 최대한 여기 일을 빠르게 마무리하라고 했어."

운정은 고개를 끄덕이곤 안으로 들어갔다.

그때, 욘토르가 고개를 들었다.

"결투를 하지."

렉크 성 밖 바다.

욘토르의 배들이 성을 빙 둘러싼 형태로 닻을 내리고 정박했다. 선원이고 선장이고 할 것 없이 모든 이들이 갑판에 나와, 렉크 성을 주시했다.

렉크 성에선 갑판이 넓은 수송선 하나가 천천히 바다로 나왔다. 그 위에는 그 배를 이끄는 몇몇 선원들과 욘토르 백작이 있었다. 이를 확인한 조나단은 자신의 배를 움직여 욘토르를 마중 나왔고, 욘토르는 조나단이 있는 배로 옮겨 탔다.

성벽 위에는 운정과 루이스 그리고 스페라가 있었다. 그들은 그 모든 광경을 바라보고 있었는데, 루이스가 불쑥 말을 건넸다.

"마지막으로 렉크 백작님과 독대하신 것으로 알고 있는데, 무슨 이야기를 나누었습니까?"

운정은 방긋 웃으며 대답했다.

"이제 곧 아시게 되리라 믿습니다."

루이스가 더 물으려는데, 운정이 앞만 바라보고 있자 더 물을 수 없었다.

그때 욘토르가 승선한 배에서 큰 뿔피리 소리가 높게 울렸다.

부우우-! 부우우-! 부우우-! 부우우-! 부우우-!

다섯 번 높게 울리자, 모든 배에서 부산한 움직임이 생겼다.

각각의 배의 선장들이 작은 쪽배에 올라 욘토르의 배로 모여들었다.

다섯 번의 뿔피리 소리는 선장들을 소집하는 신호인 모양이다.

이때 렉크 성의 해문이 열리면서 마찬가지로 쪽배 하나가 불쑥 튀어나와 처음 출발했던 그 수송선까지 이르렀다. 그 쪽배에는 바다 생물의 가죽으로 된 옷과 긴 장검을 든 렉크가 서 있었는데, 멀리서 봐도 한눈에 알 수 있을 정도로 안색이 매우 좋지 못했다.

이에 루이스가 중얼거렸다.

"암살 기도를 당하신 지 얼마 되지도 않았는데… 욘토르 백작이 마음을 바꾸면 어쩌려고 그리 완고하셨는지 모르겠습니다. 욘토르 백작은 이미 한 번 약속을 어겼습니다. 또다시 어길지 어떻게 압니까?"

루이스는 대강 이야기를 듣고 끝까지 결투를 반대했었다. 하지만 렉크는 기어코 결투에 나가겠다고 했고, 결국 그 의지를 꺾지 못했다.

운정은 염려하는 루이스에게 말했다.

"다 잘될 것입니다."

편안한 말에도 루이스는 좀처럼 긴장을 풀지 못했다.

이윽고, 욘토르의 배에 모여들었던 선장들이 모두 자기 배로 돌아갔다.

욘토르는 다시 수송선에 올랐다. 그러자 그의 배가 뒤로 쭉 물러나기 시작했다.

수송선은 바다 위에 홀로 남겨졌고, 두 백작은 그 위에서 서로를 가만히 바라보았다.

모든 이들이 시선을 그곳에 두며 그들의 결투가 시작되기를 기다렸다.

그들은 꽤나 오랫동안 대화를 나누었는데, 렉크가 먼저 검을 앞으로 겨누는 것으로 결투가 시작되었다.

운정이 시선을 들어 이곳저곳을 보니, 배뿐 아니라 주변 암석이나 절벽에도 사람이 가득했다. 어디서 나타났는지 모를 그 영지민들은 모두들 조용히 두 백작의 결투를 지켜보는 듯했다.

함성을 지르거나 응원을 할 법한 상황임에도, 배 위는 물론이고 육지에서도 그 누구도 시끄럽게 떠드는 사람이 없었다. 조금이라도 흥분한 사람도 마찬가지로 없었다. 그저 냉정하고 차가운 눈으로 그들을 지켜볼 뿐이었다. 그 때문일까? 처음 두 백작의 검이 부딪칠 때 난 충격음은 배에 탄 모든 선원들과 육지에서 지켜보는 모든 사람들의 귀까지 똑똑하게 들렸다.

챙!

두 얼굴 사이로 교차한 검이 서로를 향해서 으르렁거리듯 쇳소리를 냈다. 젊을 때의 절반보다도 약해진 그들의 노쇠한 근육이 바들바들 떨리면서 서로를 향해 안간힘을 내었다.

이리 기울었다 저리 기울었다 몇 번을 반복한 끝에, 렉크가 먼저 뒤로 물러나며 검을 거두게 되었다. 그러자, 욘토르는 그 기회를 놓치지 않고 앞으로 한 발짝 더욱 나아가며, 검을 횡으로 휘둘렀다.

챙!

챙!

렉크는 연속적으로 떨어지는 욘토르의 검을 쳐 내기에 급급했다. 분명 몇 번이고 반격의 기회가 있었지만, 연로한 두 다리는 그의 명령을 듣지 않았다. 때문에 그는 계속해서 뒤로 물러나야 했고, 결국 배의 가장자리까지 내몰리게 되었다.

욘토르는 렉크에게 더 피할 자리가 없다는 걸 확인하고는 검을 가슴으로 모았다가 있는 힘껏 찔렀다. 렉크는 순간 허리를 뒤로 젖히며 피할 생각을 했지만 이내 포기했다. 아침에 일어나기도 버거워하는 그의 늙은 척추가 그런 자세를 버텨 줄 리 만무했다.

때문에 그는 몸을 살짝 틀어서 팔을 보였다.

피슉-!

곧게 찔러진 욘토르의 검이 렉크의 팔뚝 언저리를 크게 베어 내며 선혈을 뿜게 했다.

하지만 욘토르의 표정은 좋지 못했다. 세월에 의해 얇아진 그의 손목 힘으로는, 살점에 검을 찔러 넣을 정도의 힘도 낼 수 없던 탓이다. 한창때라면 팔뿐만 아니라 가슴까지 뚫어서 그 속을 휘저어 놓았겠지만, 지금은 팔 근육 하나 뚫지 못해 옆으로 미끄러지듯 벨 뿐이다.

렉크는 이를 악물고는 자신의 검을 위로 올려 쳤다. 그의 머릿속에선 이미 욘토르의 턱이 잘려, 저 멀리 날아가고 있었다.

부웅-!

하지만 속도가 문제였다. 위에서 아래로 내려치는 것은 검 무게의 도움을 받지만 아래에서 위로 올려 치는 것은 검의 무게까지 이겨 내야 한다. 때문에 렉크의 올려 치기는 그의 생각보다 두세 배쯤 느렸고, 욘토르는 몸을 살짝 뒤로 움직이는 것으로 충분히 피해 낼 수 있었다.

"크하악. 하악. 하악."

"후욱. 후우. 후욱."

환갑을 넘긴 두 노인은 거친 숨소리를 내며 서로를 노려보았다. 몇 번 검을 주고받은 것뿐이지만, 그들의 체력은 이미 한계에 도달한 것이다.

그들은 서로의 눈치를 보면서 거칠게 호흡했다. 먼저 공격하는 쪽이 유리하다는 건 둘 다 잘 알고 있었지만, 호흡 한 번이 주는 그 상쾌함이 너무나 달콤해서 도저히 뿌리칠 수 없었다. 그리고 그러한 둘의 마음이 통했는지, 잠깐 쉬자는 모종의 합의가 이뤄졌다.

"하아, 하아."

"후우, 후우."

욘토르는 끊임없이 피를 토해 내는 렉크의 팔을 보면서 이대로 시간만 끌어도 자신이 이긴다는 사실을 확신했다. 물론 렉크 또한 그 사실을 알았기 때문에, 먼저 공격해야 한다고 생각했지만, 아무리 숨을 쉬어도 회복될 기미조차 보이지 않는 늙은 몸뚱어리 때문에 도저히 검을 먼저 휘두를 수 없었다.

게다가 암살 기도로 인해서 이미 피를 많이 흘렸었다. 그래서 지금 팔뚝에서 흘러내리는 피로 인해 축적되는 피로도는 상상 이상으로 그에게 부담을 주었다

욘토르는 렉크의 눈빛이 흐려지고 눈꺼풀이 내려오는 것을 보았다. 확실히 이대로 시간이 지나도 이기겠지만, 완전히 승리하는 모습을 모든 사람들에게 보여 줄 필요가 있었다.

그는 결심한 듯 양손으로 검을 붙잡았다.

그리고 렉크의 머리를 향해서 내려쳤다.

쩌억-!

렉크의 두개골이 갈라지면서 그 안에 있는 것들이 흘러나왔다.

루이스는 도저히 믿을 수 없다는 듯 눈을 크게 뜨고는 자신의 입을 가렸다. 그의 손은 달달 떨려 왔고, 눈동자는 쉴 틈 없이 흔들렸다. 그가 천천히 몸을 돌리며 운정을 돌아보았는데, 운정은 앞을 바라본 채 나지막하게 말했다.

"렉크 백작은 이미 아셨습니다. 욘토르 백작이 져 주지 않을 거라는 걸. 여기서 패배하기엔 이미 너무 멀리 왔지요. 때문에 스스로를 내어 드리기로 하였습니다. 그로 인해 전쟁이 일어나지 않도록. 자신의 목숨 하나로 이번 일이 해결되도록 말입니다."

"우, 운정 도사? 그, 그게 정말입니까? 스, 스스로 죽겠다고 하셨다고요?"

그가 고개를 돌려서 루이스를 보았다.

"이로 인해서 과거의 과오를 참회한다고 말씀하셨습니다. 피로 물들었던 지난날 그가 빼앗은 생명들을 떠올리며, 오늘 자기 혼자만 죽는다면 많은 사람들이 죽지 않을 수 있다는 것에, 그리고 그런 특권이 자신에게 있음을 감사했습니다."

"……"

운정은 웃었다.

"때문에 전 그에게 다른 길 하나를 제시했습니다. 그도 살수 있는 방법 말이지요."

루이스의 표정이 순간 굳었다.

"그, 그게 무슨 말입니까?"

운정이 대답했다.

"기도실로 가 보십시오. 그러면 아실 겁니다."

운정은 고개를 돌려 스페라를 보았다.

스페라가 말했다.

"만 하루 정도는 괜찮아. 별일 없다면."

운정은 다시 고개를 돌려 루이스를 보았다.

"만 하루 안에는 적당한 시신을 찾아야 할 겁니다. 그럼."

운정이 포권을 취하자, 스페라가 지팡이를 들며 마법을 시전했다.

[텔레포트(Teleport).]

그 둘의 모습은 그 자리에서 사라져 버렸다.

털썩.

그 자리에 주저앉은 루이스는 한참을 멍하니 있었다.

그러다가 곧 입에서 손을 내리더니 벌떡 자리에서 일어났다.

그러곤 결투의 현장을 다시 보았다.

욘토르는 지친 기색으로 수송선 위에 서 있었고, 그의 선장들이 이미 그쪽으로 모여들고 있었다.

루이스는 그 모습을 바라보다가, 곧 양손을 들고 자기의 볼을 세게 때렸다.

짝!

"이럴 때가 아니지. 기도실, 기도실이라 했어."

그는 머리에 쓴 모자를 품에 안고, 펄럭거리는 옷을 쫙 모아 잡은 뒤에, 성벽의 쪽문으로 몸을 날렸다.

그리고 잽싸게 계단과 복도를 달려 나갔다.

성 안은 텅텅 비어 있었는데, 모두들 결투를 보기 위해서 나간 듯했다.

때문에 그는 아무와도 마주치지 않고 쉽게 예배실에 도착할 수 있었다.

예배실 벽.

그 위에 그려진 수없이 많은 벽화 중에서 한 성인이 손을 내밀고 있는 벽화에 빠르게 다가갔다.

그곳에는 작은 홈이 있었다.

그가 그것을 붙잡고 잡아당기자, 이내 보이지 않던 문이 열렸다.

"백작님!"

안에서 가만히 누워 잠을 자던 렉크는 자신을 부르는 소리에 슬며시 눈을 뜨고 루이스를 보았다.

렉크는 부드럽게 말했다.

"루이스 사제께서 우는 모습은 또 처음이군."

그 말에 루이스는 양손을 들어서 마구 눈물을 닦았다. 얼른 다가와서는 렉크 옆에 앉더니, 그의 몸을 둘러보며 말했다.

"괜찮으십니까?"

렉크는 작은 미소를 지었다.

"괜찮네. 방금 아레스가 치료 마법을 걸어 주며 며칠 더 요양하면 거동이 가능할 거라 하더군. 오히려 그가 더 요양해야 할 판이야. 텔레포트에 노매직존에 치료 마법까지. 아주 내 앞에서 죽으려고 그러더군."

루이스는 깊은 한숨을 푹 쉬고는 말했다.

"저한테 말씀하시지 그러셨습니까? 아후… 그럼 결투에서 죽은 렉크 백작님은 마법에 의한 환상이거나 비슷한 것이겠군요."

그 말에 렉크가 조금은 낮아진 어투로 말했다.

"역시, 욘토르는 약속대로 움직이지 않았군. 하기야. 그놈은 원래 약속을 잘 안 지켰지."

루이스가 말했다.

"그러니까요. 제가 끝까지 말하지 않았습니까? 결투에서 이기면 자기가 살아 돌아갈 수 있으니, 져 줄 리가 없다고요. 그런데 이런 사정이 있는지 몰랐습니다."

렉크는 눈을 감았다.

"어차피 그의 야심은 막을 수 없는 것이지. 그를 처형한다 한들, 전쟁이 일어나지 말라는 법도 없고. 그러니 내가 죽는 것이 유일한 길이었어. 다만 운정 도사의 도움으로 인해서 내가 죽지 않을 수 있었으니, 이보다 더 좋은 게 어디 있겠나. 그에게 정말 큰 은혜를 입었어. 언젠가 갚을 날이 오겠지."

루이스는 순간 번쩍이는 생각에 다급히 물었다.

"왕비님은요? 어떻게 되었습니까?"

"애디는 도플갱어가 나로 변하는 것까지 직접 봤어. 그 후에 스페라 백작이 델로스로 텔레포트시켜 주었고."

"그, 그렇군요. 그러면 왕비님은 잘 지내시겠습니다."

"잘 지내야지. 머혼 백작은 그래도 자기가 한 말은 지키는 사람이야. 그리고 애들레이드 왕비를 자기가 데리고 있는 게 그나마 정통성을 가질 수도 있고. 운정 도사도 약조해 주었으니 불상사는 없을 거야."

"그렇군요."

렉크는 피식 웃더니 말했다.

"욘토르가 이렇게 버젓이 살아 있는 날 보면 아주 기겁을 하겠군. 그 꼴을 상상하니 아주 웃겨."

그 말에 루이스의 눈이 동그랗게 변했다.

"설마, 알려 주실 생각입니까?"

렉크는 나지막하게 대답했다.

"그 또한 혼자 케네스 왕국을 꾸려 나가는 것보다는 내 도움이 있는 것이 낫겠지. 그래야 군도에 피해가 더 없을 거고. 머혼은 만만한 상대가 아니니까."

"……."

"나는 좀 자야겠네. 가서 결투에서 승리하신 온토르 백작님을 모시고 성내를 좀 구경시켜 줘. 해가 지고 모든 파티가 끝날 쯤에, 슬쩍 이곳으로 데려와. 그때까지 자고 있을 테니까."

루이스는 마른침을 삼키더니 말했다.

"그가 백작님을 죽이려 하지 않겠습니까? 적어도 루스에게 말해서 여길 지키……."

렉크는 피식 웃더니 루이스의 말을 잘랐다.

"설마 친구를 두 번이나 죽이겠나? 그 정도로 못돼 처먹은 친구는 아니야."

"백작님! 너무 그를 믿으시면 안 됩니다!"

"그의 입장에서도 날 살려 두는 것이 이익이야. 건국 이후 머혼을 상대하려면 내 머리가 필요할 일이 생길 테니까. 성과 영지를 내준 내 진심을 알았으니, 나를 해하진 않을 걸세."

"백작님… 정말 당신은……."

렉크는 몸을 휙 돌리더니 눈을 감았다.

그가 마지막으로 중얼거렸다.

"마리아를 잘 챙겨 주게. 장례를 해야 하지 않겠나? 아쉽게
도 난 참석할 수 없겠군."

第九十二章

NSMC로 돌아온 운정과 스페라는 바로 집무실로 향했다. 머혼은 어찌나 그들을 기다렸는지, 그들이 문을 열고 들어오자마자 탄성 아닌 탄성을 질렀다.

"어, 얼른! 앉으십시오!"

그는 자기 자리에서 일어나 앞에 있는 카우치 상석에 앉았다.

운정과 스페라가 각각 왼쪽과 오른쪽에 앉자, 머혼이 말했다.

"어떻게 되었습니까? 납치한 욘토르 백작을 처형했습니까?

아니면 그와 협상했습니까?"

그의 목소리는 매우 다급한 듯 보였다. 그도 그럴 것이 렉크 백작가엔 그의 밀정이 없어서 아무 정보도 얻을 수 없었기 때문이다.

운정은 고개를 저었다.

"아닙니다."

"그럼? 전쟁을 치렀습니까? 두 분 다 너무 멀쩡하신데……."

스페라가 다리를 꼬며 말했다.

"결투를 했어요."

머혼의 목이 확 돌아갔다.

"결투?"

"심지어 두 백작이 직접 결투했지요."

"……."

"진짜예요. 내 말을 못 믿겠으면 운정한테 물어보세요."

머혼이 다시 운정에게 고개를 돌리자, 운정이 말했다.

"스페라 스승님의 말이 맞습니다. 둘은 모두가 지켜보는 가운데 배 위에서 결투를 했습니다. 그렇게 욘토르 백작이 승리했고, 렉크 백작은 패배하여 죽었습니다."

머혼은 양손으로 자신의 머리를 잡았다. 그리고 쥐어뜯더니 말했다.

"그게 무슨 소리입니까? 결투요? 패배요? 그, 그러니까… 렉크 백작이 졌다 이 말입니까?"

"예, 그렇게 되었습니다."

머혼은 참을 수 없다는 듯이 그 자리에서 벌떡 일어났다. 그리고 분노를 담은 걸음을 몇 차례 걷더니, 자기가 앉았던 의자의 뒤로 가서는 그 등받이 끝을 양손으로 확 부여잡고 들끓는 듯한 소리를 내었다.

"그러니까, 렉크 백작이 죽었다 이 말이군요. 욘토르가 이겼고."

"예."

운정의 즉답에 머혼의 얼굴이 일그러졌다.

그는 의자 등받이를 손날로 내려치며 말했다.

"예? 지금 예라고 하셨습니까? 운정 도사님! 당신은 델로스에 위험 부담을 주면서까지 파병을 나가셨습니다! 게다가 욘토르 백작을 사로잡아 버리는 위용까지 보이셨지요! 그런데 어떻게 질 수가 있습니까? 어떻게 그 상황에서 패배할 수가 있느냔 말입니다!"

운정은 머혼을 올려다보면서 말했다.

"그것은 둘의 합의 아래에서 이뤄진 일입니다. 결투는 그들 문화권에서 숭고한 것이었고, 외부인이 감히 방해할 수 없는 것이었습니다."

그는 양손을 다시 들어 자신의 이마를 짚었다. 그리고 앞머리를 잔뜩 위로 쓸어 올리면서 말했다.

"그럼 막았어야지요! 막을 수 있지 않았습니까! 예? 제 앞에서 항상 보여 주셨던 그 현란한 언변은 다 어디다 두고 그 늙은 백작이 결투하겠다고 나서는 그런 노망난 짓을 그대로 보고만 있었습니까? 도대체 어떻게 일 처리를 이딴 식으로 하실 수 있습니까?"

스페라는 머혼과 운정을 번갈아 보다가, 이내 툭 하니 말했다.

"머혼 섭정."

머혼이 손을 확 내리더니 고개를 마구 흔들며 스페라를 곁눈질했다.

"지금은 아닙니다. 괜한 헛소리를 할 거면 아예 하질 마십시오, 스페라 백작."

스페라의 눈썹이 살짝 찌푸려졌다.

그녀의 입꼬리가 올라갔다가 내려갔다.

이내 그녀가 말했다.

"지금까지의 정이 있으니까, 방금 건 봐줄게요. 머혼 섭정이 뭔가 착각……."

쿵.

의자를 살짝 들었다가 바닥에 냅다 찍어 버린 머혼은 이후 몸을 확 뒤로 돌려 버렸다.

그는 허리에 손을 얹더니 하늘을 향해 고개를 들어 올리고 눈을 감았다.

집무실 안에는 그의 거친 호흡 소리만이 가득했다.

운정은 고개를 돌려서 문가에 서 있는 시녀를 바라보며 말했다.

"홍차가 남았다면 부탁드리겠습니다."

잔뜩 긴장한 표정의 시녀는 고개를 연신 끄덕이더니 문을 열고 밖으로 나갔다.

문이 닫히는 것과 동시에 머혼이 웃었다.

"하. 하하. 하하. 하하."

딱딱 끊어지는 웃음소리를 내던 그가 곧 웃음을 멈추고는 마지막 긴 호흡을 들이마셨다. 그러고는 후 하고 내뱉고 몸을 휙 돌렸다.

입가에 진한 미소를 띤 그는 스페라를 바라보며 말했다.

"제 언변이 지나쳤습니다. 스페라 백작, 용서해 주시지요."

스페라도 그를 따라 웃었다.

"물론이지요, 머혼 섭정."

머혼이 양손을 살짝 펴더니, 등받이 위를 톡 하고 쳤다.

"좋아요, 좋아. 크흠, 진정하고. 좋아, 자, 좋습니다. 홍차, 좋지요. 홍차, 그거 참으로 맛있지요. 마시면 뭐랄까? 마음이 따스해지고 또 넓어지는 듯한? 뭐 그런 느낌이 드니까. 아주 좋지요."

운정이 그를 올려다보며 말했다.

"머혼 섭정님 것도 가져오라 할 걸 그랬습니다. 아쉽군요."

머혼의 미소가 살짝 떨렸다.

그러나 금세 다시금 제자리를 찾았다.

"머리가 잘 돌아가는 년이라면 알아서 세 잔을 가져오겠지요. 안 그렇겠습니까, 운정 도사님?"

스페라가 자리에서 일어났다.

"나중에 다시 올게요. 운정, 나가자."

머혼이 바로 말했다.

"왜요? 급한 일이라도 있으십니까? 이렇게 바로 나가면 섭섭합니다. 예?"

스페라는 여전히 미소를 지은 채 그에게 말했다.

"머혼 섭정, 당신 살려 줄려는 거잖아요."

"아, 여기 계속 있다가는 날 죽일 것 같아서 그렇습니까?"

"네, 맞아요. 그 혓바닥부터 태워 버릴 거 같아서요."

머혼은 어깨를 들었다.

"글쎄요. 스페라 백작께서 그럴 수가 있나요? 어둠의 협정을 깨면 모든 어둠의 학파에게 쫓기는 신세가 될 텐데? 아무리 스페라 백작이라도 그건 못 버티지요, 암요."

그 말에 스페라는 당황한 표정을 지었다.

그녀는 운정을 흘겨본 뒤 머혼에게 말했다.

"진심인가요?"

머혼은 웃는 얼굴을 하고 스페라를 바라보다가 곧 고개를 확 숙였다. 마치 그의 머리가 목에서 떨어져 나온 것처럼 보일 정도로.

그 상태로 그가 말을 이었다.

"죄송합니다, 스페라 백작. 그러니 그냥 있어 주시지요. 부탁드리겠습니다."

스페라는 운정의 눈치를 살피다가 서서히 자리에 앉았다.

그녀가 앉는 소리가 나자, 머혼은 고개를 들더니, 의자 앞으로 걸어왔다.

그러곤 자리에 다시 앉더니, 양손을 마구 비볐다.

"좋습니다, 좋아요. 다들 감정이 올라온 것 같으니, 좀만 진정해 봅시다. 지금 차도 오는군요."

시녀는 홍차를 들고 와서 운정 앞에 내려놓았다.

한 잔이었다.

그녀는 떨리는 손길을 애써 감추면서 뒤로 물러났다.

운정이 그 찻잔을 들고 마시면서 말했다.

"살기를 거두시지요, 머혼 섭정님."

"……."

"누구라도 그런 긴장되는 상황이라면 실수하게 마련입니다.

그러니 자비를 베풀어 주십시오."

머혼은 양손을 들더니 얼굴을 한 번 크게 쓸어내렸다.

그는 곧 지친 듯 의자에 몸을 늘어뜨리더니 나지막하게 말했다.

"그러지요. 이봐, 미안하지만 한 번 더 다녀와라. 내 것과 스페라 백작 것도 가져와."

그 말에 시녀는 자신의 실수를 자각하고는 깜짝 놀랐다.

"아, 죄송합니다! 죄송합니다! 얼른 다녀오겠습니다."

머혼은 손을 저었다.

"얼른 다녀오다가 또 실수할라. 천천히 갔다 와. 알았지?"

그녀는 고개를 푹 숙인 채로 방 밖으로 나섰다.

머혼은 머리를 긁적이며 몇 번이고 입을 여닫다가 결국 말을 꺼냈다.

"죄송합니다, 운정 도사님. 순간적으로 당신을 내 아랫사람처럼 여겼습니다. 무례를 용서하시지요."

운정은 다시금 차를 홀짝인 뒤 말했다.

"원하시는 결과가 나오지 않은 것에 대해서 분노하시는 건 충분히 이해합니다. 다만 그 두 백작이 결투로 전쟁의 결과를 정하기로 한 것에 대해서, 제가 왈가왈부할 명분도 권리도 근거도 없습니다. 말 그대로 전 파병을 나갔을 뿐이니까요."

머혼은 입을 오므린 뒤에 말했다.

"그렇지요. 압니다."

운정이 찻잔을 내려놓으며 말했다.

"한 가지 알려 드릴 것은, 욘토르 백작이 건국을 하리라는 겁니다."

머혼은 그 말에 한 대 맞은 듯, 얼굴이 멍해졌다.

"건국이요?"

운정은 고개를 두어 차례 끄덕였다.

"그들이 사는 지역은 과거 케네스 군도라고 불렸다 합니다. 왜, 그 머혼 섭정께서도 렉크 백작에게 케네스 군도를 제일 공작령으로 두겠다고 하지 않으셨습니까?"

"그, 그랬지요."

"욘토르 백작은 아예 자기의 나라를 세우려고 하는 듯합니다. 군도 내부가 정리되면 곧 건국을 표명하며 다른 사왕국의 지원을 받아서 델라이와 대립하려는 것이 그의 계획입니다."

"……."

"아무것도 모르시는 것보다 그래도 아시는 것이 좋을 것 같아서 말씀드립니다."

머혼은 눈을 딱 하고 감아 버렸다.

시녀가 방 안에 들어와 두 찻잔을 내려놓고 다시 나갈 때까지, 머혼은 눈을 뜨지 않았다.

스페라가 차를 마시더니 말했다.

"맛있네. 머혼 섭정도 어서 마셔 봐요."

머혼은 눈을 뜨더니 말했다.

"예."

그는 몸을 앞으로 숙이고는 찻잔을 들었다.

그러곤 입에 가져간 뒤 그 맛을 음미했다.

그 풍미를 충분히 느끼고는 꿀꺽 삼켰다.

그가 눈을 떴다.

"이미 벌어진 일은 벌어진 일이고. 더 신경 써 봐야 짜증만 날 뿐이지요. 좋습니다. 그렇게 되었다면 그렇게 된 것이지요. 그런 의미에서 묻겠습니다, 운정 도사님."

운정이 말했다.

"말씀하십시오, 머혼 섭정."

머혼은 운정을 바라보며 말했다.

"운정 도사님은 신무당파를 위해서 저와 개인적인 거래 관계에 있기도 하지만, 천마신교와 델라이 간의 중재 역할 또한 맡고 있지 않습니까?"

"그렇습니다."

"그것과 관련해서 천마신교에 전달하고 싶은 사항이 있습니다. 혹시나 그들에게서 지원을 받을 수 있는지요."

"지원이요?"

머혼은 차를 한 번 더 마시더니 곧 몸을 뒤로 하며 말했다.

"최근 사왕국 중 하나인 라마시에스에서 소론에게 전쟁을 선포했습니다. 그들의 속셈은 먼저 소론을 차지하고 면전에 세운 후에 뒤에서 조종해 델라이와 전쟁하려는… 뭐 전과 똑같은 짓거리를 하려는 것이겠지요."

"그럼 전처럼 우리도 파병을 보내겠네요?"

스페라의 질문에 머혼이 고개를 저었다.

"전에는 소론이 우리의 자치령이었기에 명분이 있었습니다. 그래서 얼마든지 파병을 보내도 상관이 없었지요. 하지만 이번은 다릅니다. 소론 왕이 제 제안을 거부했기 때문에, 델라이가 그들의 전쟁에 개입할 명분이 없습니다."

스페라가 고개를 갸웃하며 물었다.

"제안? 어떤 제안이었죠?"

"소론 왕에게 델라이의 귀족이 되는 게 어떻겠냐고 제안했었습니다. 백작령으로서 다스릴 수 있게 해 주겠다고 말이지요."

"그걸 거절했다고요?"

"그 이후 대략 보름이 지난 지금까지 답이 없었습니다. 당시 델라이 왕도 죽어서 우리 쪽 상황도 복잡했으니까요. 이는 거절로 봐야겠지요."

"……"

머혼이 다시 설명하기 시작했다.

"아무튼 그래서 소론에 델라이의 기사들을 파병할 수 없습니다. 그렇게 하면 델라이가 먼저 라마시에스에게 전쟁을 선포한 꼴이 되어 버리기 때문입니다. 그리고 제국과 사왕국 사이엔 협약에 의해서 전쟁이 금지되어 있습니다. 함부로 전쟁 행위를 했다가는, 다른 사왕국들에 의해서 전 국토가 쑥대밭이 되겠지요. 가뜩이나 지금은 다들 델라이가 그런 명분을 주기를 바라고 있습니다. 그래서 함부로 거동할 수 없는 겁니다. 일말의 빌미도 줄 수 없는 거예요."

운정이 입을 열었다.

"그래서 천마신교의 지원을 받고자 하시는 것이로군요. 델라이의 병사가 아니라 천마신교의 고수들이라면, 제국과 사왕국 간에 맺은 협정에서 자유로우니까요."

"그렇습니다. 눈 가리고 아웅 하는 게 중요하거든요, 이 바닥은."

그는 차를 마시면서 다시금 그 향을 음미했다.

운정 또한 다시금 차를 마시더니 말했다.

"알겠습니다. 천마신교에 가서 이야기를 전해 보지요. 얼마나 필요하십니까?"

"사왕국을 상대로 하니, 전에 보내 주셨던 그분들. 그분들만큼은 되어야 하지 않을까 합니다."

운정이 찻잔을 내려놓으며 말했다.

"그런데 제가 델로스를 떠나 있어도 되겠습니까? 아까도 말씀하셨다시피 제가 이곳에 없으면 델로스의 위험 부담이 커질 텐데요."

"물론 그렇습니다. 그러니 몇 차례 시험을 해 보고 떠나도록 합시다."

머혼은 희미한 미소를 지었다.

*　　　　　*　　　　　*

운정은 델라이 왕실의 허가를 받아 신무당파의 개파를 공식적으로 선언했다.

기존 인원은 개파조사인 운정과 객원 장로인 스페라 그리고 일대제자인 시르퀸과 우화, 시아스였다. 시르퀸과 우화는 돌아오지 않았기에 현재 신무당파의 정식 인원은 이들 셋이 전부였다.

개파 이후, 속가제자가 되려고 찾아온 이들은 총 열한 명이었다.

첫 번째 부류는 머혼가의 자식들로, 시아스에게 영향을 받았는지 아니면 머혼의 명령이 있었는지는 모르지만, 한슨과 아시스, 그리고 아이시리스까지, 셋 모두가 개파 당일에 찾아왔다.

두 번째 부류는 흑기사의 인물들로, 운정이 개인적으로 알지 못하는 이들이었다. 자발적인지 아닌지는 확인할 길이 없었지만, 그 의도가 무엇이든, 무공에 관해서는 누구보다도 진지하게 임했다.

세 번째 부류는 그 외의 인물들로, 거기에는 루스와 테이머 한슨, 그리고 조령령이 있었다.

루스는 더 이상 군도에 남아 있을 수 없었기에, 수석 마법사 아레스에게 부탁하여 델라이의 수도로 오게 되었다고 했다.

테이머 한슨은 전에 운정이 했던 제안을 언급하면서 당시 일을 후회한다며 무공을 배워 보고 싶다고 했다.

마지막으로 조령령은 애초에 무공을 익힐 수 없는 몸이고 또 무공에 관심조차 없었지만, 운정 곁에 있고자 형식상 속가 제자로 있었다.

운정은 이 모두를 차별 없이 입문시켰다. 사실 속가제자는 무당파의 정식 인원이라 할 수 없었으니, 모두에게 정식 인원이 될 수 있는 정당한 기회를 주었다는 것이 좀 더 정확했다.

운정은 그들의 지도를 시아스에게 맡겼다. 시아스는 불평불만을 토했지만 무당파의 기본 외공을 익히고 또 그것을 정확히 펼칠 줄 아는 사람은 현재 시아스와 운정밖에 없었기에, 그녀가 아니라면 할 사람이 없었다.

시아스는 아침 10시부터 12시까지 그리고 낮 4시부터 6시까지 시간을 두어, 그때만 수련장에 나와 무당파의 내공과 외공을 가르쳐 주고 시범을 보였다. 열심을 보이는 이들은 한 번도 빠지지 않고 모두 참석했지만, 그들 중 몇몇은 내공을 익히는 시간을 소홀히 하거나, 아예 하루를 통째로 빼먹기도 했다.

하지만 이에 대해서 운정은 전혀 신경 쓰지 않았다. 정공은 성장이 더디고 인내심을 요하는 공부로, 꾸준함이 없다면 절대로 대성할 수 없다. 그러니, 이렇게 자유로운 방식으로 무공을 가르쳐 잔가지를 쳐 내는 것도 하나의 방법이다. 애초에 그것을 보기 위해서 속가제자 제도를 둔 것이니까.

시간은 금세 흘러 보름이 지났다.

운정은 NSMC에 서서 앞에 선 머혼과 스페라를 보았다.

그가 말했다.

"빠르면 하루, 최대 이틀 내로 돌아오겠습니다. 그동안 별일이 없었으면 하는군요."

머혼은 고개를 끄덕였다.

"지난 보름간 몇 번이고 운정 도사가 델로스에서 자리를 비우는 모습을 보였음에도 지금까지 아무런 조짐이 없는 것을 보면, 아마 괜찮을 겁니다."

그것이 바로 머혼이 전에 말한 시험으로, 지금껏 운정이 델로스에서 사라졌다고 해서 과감히 공격하는 적은 없었다.

그들 또한 위험 부담이 큰 도박을 하기에는 부담스러웠을 테니까.

스페라는 한 팔을 앞으로 뻗어 운정의 머리 위에 올려 두며 말했다.

"기억을 넘겨줘."

운정은 살짝 고개를 끄덕이곤 눈을 감았다.

스페라가 입술을 달싹이자, 그녀의 손을 통해서 마나가 머릿속으로 파고드는 것이 느껴졌다. 운정은 그 마나에 저항하지 않고 오히려 도우며 자신의 머릿속에 있는 기억을 순순히 내주었다.

그 마나가 다시금 스페라에게 돌아가자, 운정이 눈을 떴다.

스페라는 그 손을 그대로 든 채 옆으로 뻗었다. 그러자 그 바닥에서부터 검은 무언가가 생겨나더니, 이내 운정의 모습으로 변해 갔다. 하지만 그렇게 만들어진 운정은 아무런 표정도 짓지 않고 동공이 완전히 풀려 있었다.

스페라는 그 운정의 머리에 손을 올리곤 다시금 주문을 외우기 시작했다. 그러자 그녀의 손에 머무르던 운정의 기억을 담은 마나가 그 운정의 속으로 들어가기 시작했다. 그 운정의 눈빛이 서서히 또렷해졌고, 곧 운정과 같은 현묘한 빛을 내기 시작했다.

머혼은 감탄하지 않을 수 없었다.

"기억까지 넣는다면 본신의 힘을 온전히 낼 수 있다고 했지요, 아마?"

"바로는요. 하지만 기억이나 실력은 전부 시간이 지남에 따라 기하급수적으로 사라져요. 반감기가 생각보다 짧거든요. 그래도 이틀 정도는 버틸 수 있을 거예요."

머혼은 자기도 모르게 그의 목걸이를 만지작거리면서 중얼거렸다.

"역시, 대단하군요. 도플갱어(Doppelganger). 델라이에 세 개나 있으니 정말 든든할 따름입니다."

"아마 네 개일걸요?"

"예?"

스페라는 머혼의 되물음을 무시하곤 운정에게 말했다.

"잘 다녀와. 지원을 못 받아도 좋으니까, 최대한 빨리 왔으면 해. 지원을 받아 내겠다고 열 내다가 늦게 왔는데, 델라이가 사라져 있으면 그만큼 허무한 것도 없지 않겠어?"

살벌한 그 말에 머혼이 얼떨떨한 표정을 지었다.

운정은 피식 웃고는 말했다.

"꼭 다시 돌아오겠습니다. 그동안 신무당파를 잘 부탁드립니다."

스페라는 조금은 서글픈 미소를 짓더니 곧 애써 웃으면서 말했다.

"응, 알겠어. 자, 그러면 한번 해 볼래?"

운정은 고개를 끄덕이고는 품속에서 레드 마나스톤(Red Manastone)을 꺼냈다. 레드 마나스톤은 스페라에게 운정의 현위치를 알려 주는 기능과, 또 카이랄을 포함한 몇몇 중요한 위치들의 좌표가 담겨져 있었다.

운정은 눈을 감고는 천천히 공간이동 주문을 읊기 시작했다.

지난 보름 동안 운정은 공간이동 마법을 집중적으로 배웠다. 그의 뛰어난 오성과 더불어 스페라의 지도 아래 시공간에 대한 이해를 넓혀 나간 그는 두 가지 조건 내에서 스스로 공간이동 주문을 시전할 수 있게 되었다.

하나는 지팡이가 없어 직접 길고 긴 마법 주문을 영창해야 한다는 점이고 다른 하나는 경험이 부족하여 임의의 좌표에 공간이동을 하는 것이 크게 위험하다는 점이다.

만약 그가 지팡이를 얻고 경험을 쌓다 보면 여느 마법사처럼 공간이동을 할 수 있게 될 것이다.

오랜 시간 포커스를 모아 주문을 영창한 그는 레드 마나스톤에 담긴 좌표에 집중했다.

[텔레포트(Teleport).]

그가 NSMC에서 모습을 감추었다.

그가 사라지자 스페라가 머혼을 돌아보며 차갑게 말했다.

"어둠에 관련된 건 그만 좀 티 냈으면 해요."

머혼이 어깨를 들썩였다.

"이제 그도 슬슬 알 때가 되지 않았습니까? 이미 몇 번이나 어둠과 조우했습니다."

"아는데, 그냥 최대한 늦게 알려졌으면 한다는 것이죠."

머혼은 마음에 들지 않는다는 듯 입술을 모으며 물었다.

"이유가 무엇입니까?"

"여자는 원래 자기 남자한테 말하지 못하는 비밀 한두 개씩은 있는 법이죠."

머혼이 그 말을 듣고는 팔짱을 끼고 말했다.

"좋습니다. 그럼 스페라가 먼저 말하기 전에 제가 먼저 티 내는 일은 없을 겁니다. 그런데 아까 우리한테 있는 게 네 개라는 건 무슨 뜻입니까? 그건 들어야겠습니다."

스페라는 시선을 땅으로 내리면서 중얼거리듯 말했다.

"더 세븐(The Seven) 중에는 오딘 아이(Odin eye)라고 있지요."

머혼이 눈을 가늘게 떴다.

"가장 신비롭고 가장 베일에 가려진 더 세븐 아닙니까? 어떤 마법이든 한 번 보는 것만으로 그 모든 원리를 파악해 버린다는 아티팩트(Artifact)."

지팡이를 쥔 스페라의 손에 힘이 들어갔다.

"공간이동 마법은 사실 극도로 어려운 마법이에요. 마법사 중에서도 대형 마법진의 도움을 받지 않고는 하지 못하는 자들이 수두룩해요. 정말 전문적으로 몇 년 동안 훈련받고 그 스펠 하나에만 목매야 그나마 쓸 수 있는 정도라고요."

"……."

"하지만 운정은 그걸 보름 만에 해냈어요. 아니, 사실 그의 머릿속에 있는 것을 풀어 낸 것에 불과해요. 제가 보름 동안 지도한 건 사실 그의 정신 깊은 곳에서 이미 의식하고 있는 것을 밖으로 끌어내 자각하게 만드는 작업에 불과했죠."

머혼은 스페라가 무슨 말을 하려는지 눈치챘다.

"설마 그가 오딘 아이의 소유자란 말입니까? 언제? 도대체 언제 그걸 얻게 되었습니까?"

스페라는 잠시 말이 없다가 이내 나지막하게 대답했다.

"모든 더 세븐 중에 가장 불투명한 오딘 아이. 그건 역사에서도 아무런 연결선도 없이 이리 튀어나왔다가 저리 사라졌다 하는 것으로 유명하죠. 몇백 년씩 아무런 기록도 없다가, 어느 날 갑자기 동시에 두 개가 존재하기도 하는 등, 그 사실 여부 자체가 의심스러운 더 세븐이에요."

"그렇습니다. 지금도 그 소유자가 누구인지, 어디에 있는지 아무도 알지 못하지 않습니까? 그런데 왜 갑자기 운정 도사에게 그것이 있다는 의심이 든 겁니까?"

스페라는 눈을 들어서 머혼과 시선을 마주했다.

"그런 건 아니에요. 만약 그가 가지고 있다면 그는 분명히 제게 먼저 말했을 거예요. 그는 순수한 사람이니까."

"그럼요? 그가 가지고 있으면서 자각하지 못한다는 뜻입니까?"

"그런 것이 아니라… 완성되어져 가는 것이 아닌가 해요."

머혼의 눈초리가 더욱 깊어졌다.

"완성되어져 간다?"

스페라는 고개를 느릿하게 끄덕였다.

"제가 생각했을 때, 오딘 아이는 아티팩트가 아닌 것 같아서요. 단지 마법사가 어느 한 수준에 이르면, 아니, 정확하게 말하면 한 정신이 어떤 수준에 이르면 세상을 보는 것만으로도 그 원리를 파악해 버리는 것이지요. 원리를 연구하고 또 알아가는 과정을 반복적으로 하다 보니 어느 순간부터는 그저 감각적으로 세상의 이치를 꿰뚫어 보는 거예요."

"……."

"이건 꼭 마법의 수준과 비례한다고는 할 수 없어요. 정확하게 말하자면 정신의 수준과 비례한다고 할 수 있겠지요. 마나의 크기보다는 포커스의 크기라고 할까?"

머혼은 눈을 감고는 머리를 몇 차례 흔들고 되물었다.

"그러니까, 스페라 백작의 말은 운정 도사가 오딘 아이를 가지고 있는 것 같다, 그런 말 아닙니까?"

스페라의 시선이 다시 땅을 향했다.

"아니요. 내가 말한 대로 그의 정신 안에서 완성되어져 간다는 거예요. 만약 이미 완성되었다면, 차원을 이동하는 장거리 공간이동을 눈으로 본 즉시 공간이동을 깨우치고 마법을 펼쳤을 거예요. 보름 동안 공부할 필요도 없었겠지요."

"……."

"다만 그에게는 그가 눈으로 본 이치를 활용할 지식과 도구가 없기 때문에, 그렇게 하지 못한 거예요. 만약 그가 지팡이를 얻게 되면, 어떤 수준에 이르게 될지는 정말 모르겠어요. 어쩌면 저보다도 더욱 강한 마법사가 될 수도 있어요."

지금까지는 그래도 그냥저냥 들었던 머혼은 그 말엔 정말 진심으로 놀랐다.

"당신보다도 말입니까?"

"말로만 전해져 내려오는 트랜센던스(Transcendence)가 될 거예요. 드래곤조차도 반항할 수 없는 마법사 말이지요."

"……."

"일단은 알아 두세요. 그가 오딘 아이의 소유자가 된다면 어둠의 협약에 제한을 받는다는 사실을."

머혼은 고개를 푹 숙이더니, 깊은 한숨을 쉬며 말했다.

"알겠습니다, 스페라 백작."

그때 스페라가 나지막하게 말했다.

"그리고 한 가지 더."

"예."

스페라는 고개를 내밀고 머혼의 두 눈을 자세히 들여다보
며 말했다.

"당신의 말이 맞아요. 나는 모든 어둠을 상대할 힘까진 없
어요. 하지만 그렇다고 해서 내가 당신을 꼭 죽이지 못하리라
확신하진 마세요. 나는 지금껏 충동적으로 살았고, 앞으로도
그럴 거니까."

"……"

"경고예요, 알았죠?"

머혼은 그 질문엔 차마 대답하지 못했다.

＊　　　　＊　　　　＊

운정은 카이랄에 도착했다.

신무당파의 건물이 생긴 이후로는 이곳에 남아 있는 사람
은 없었다.

시아스는 도시가 좋다며 그나마 델로스와 가까운 신무당파
에 머물렀다. 신무당파에는 스페라가 설치한 공간이동 마법진

이 있어, 카이랄로 즉각 올 수 있었기 때문에 선공을 수련하는 데 큰 지장은 없었다.

조령령 또한 신무당파에 자신의 방을 얻었다. 그러나 대부분의 시간을 아이시리스와 함께하느라 사실 머혼의 저택에서 머무르는 시간이 더 많았다.

스페라는 델라이 왕가의 서재를 자기 집처럼 썼고 알테시스와 그의 마법사들 또한 며칠 전 자신들의 영역을 마련하고는 그곳으로 이동했다. 알테시스만이 때때로 찾아와 HDMMC를 빌려 썼는데 지금은 없었다.

때문에 텅텅 비어 버린 그곳.

운정이 홀로 있는데, 한쪽에서 한 여성이 걸어왔다.

운정은 처음엔 고개를 갸웃했지만, 자세히 보니 그 이목구비가 낯설지 않았다.

"우화?"

우화는 그에게 달려와서 그의 앞에 서더니 말했다.

"오랜만이에요, 아버지."

운정은 놀람을 감추지 못하며 말했다.

"성장했구나."

이제는 어엿한 성인 여성과 크게 다르지 않았다.

우화는 고개를 끄덕였다.

"언제라도 뿌리를 내릴 수 있게 되었지요. 시르퀸이 많은 도움을 주었어요."

운정은 순간 의문이 들었다.

"그러고 보니 시르퀸은 어디 있느냐? 너와 같이 바르쿠으르(Barr'Kuoru)에 가지 않았더냐?"

"네, 그곳에 남아 있어요. 제가 여기 온 것은 아버지께 작별 인사를 하려고요."

갑작스러운 이별 통보.

운정은 카이랄에게서 느꼈던 그 기분을 다시금 맛봤다.

차디찬 물에 흠뻑 젖은 느낌.

운정은 서글픈 미소를 지으며 말했다.

"너희 엘프들의 작별은 참으로 예상할 수가 없구나."

우화가 고개를 갸웃했다.

"그런가요?"

운정은 나지막하게 중얼거렸다.

"아마도 아쉬움이란 것이 없기 때문이겠지. 그렇기에 티를 내지도 않는 것이고."

"……."

그가 고개를 들고 우화를 보았다.

"그럼 넌 이제 어디로 가느냐?"

우화는 방긋 웃더니 말했다.

"시르퀸과 함께 어머니가 되기로 했어요."

"함께?"

우화는 고개를 끄덕여 보였다.

"사막과 숲. 이 둘은 지금껏 단 한 번도 공존한 적이 없던 환경들이지요. 하지만 신무당파의 제자로서 그 유지를 받들어 저희가 처음으로 시도해 보려고 해요."

운정은 입을 살짝 벌렸다.

"그것이 가능한 것이냐?"

우화가 설명했다.

"한 일족에 어머니가 꼭 혼자라는 법은 없어요. 제 일족인 샌드엘프(Sand Elf)는 본래 다수의 어머니가 함께 이끄시지요. 그 안에서 태어난 하이엘프들 중 상당수가 다시 안에서 뿌리 내리고 자신들의 어머니와 함께하죠."

"……."

"저와 시르퀸은 같이 한 일족을 이끌려고 해요. 그 안에서는 숲의 일족도, 사막의 일족도, 그리고 그 둘이 섞인 미지의 일족도 다 같이 함께할 거예요. 아버지께서 가르쳐 주신 공존의 법칙을 기본으로, 저희는 저희만의 일족을 새롭게 꾸려 나갈 거예요."

그 말을 듣고 있으니, 운정의 머릿속에 스쳐 지나가는 기억이 있었다.

시르퀸이 우화를 죽이려 했을 때, 그녀는 숲과 사막이 어떻게 공존할 수 있는지 이해할 수 없다고 답했다.

사실 이 세상에 그 누구도 그 질문에 답을 해 줄 수는 없을 것이다. 때문에 운정은 신무당파가 그 모순을 해결하겠노라고, 함께 고민해 보자고 했었다.

그런데 이제 보니 시르퀸은 스스로 그 답을 찾으려고 하는 것 같다. 우화와 함께 어머니가 되어 한 일족을 꾸려 나가면서 직접 부딪치는 것이 그녀가 떠올린 방도인 것이다.

운정은 그가 그녀의 사정을 미처 생각지 못했단 사실에 마음이 아려 오는 것을 느꼈다.

그리고 보면 그녀의 작별은 이미 예고된 것이었다.

그저 엘프의 방식으로 말이다.

운정은 나지막하게 물었다.

"혹 내가 도울 것은 있느냐?"

우화가 대답했다.

"그래서 여기서 아버지를 기다렸어요."

운정은 희미한 미소를 지었다.

그들에게 있어 이러한 사고방식은 당연한 것이다.

그들은 용무가 없으면 만나지 않는다.

왜냐하면, 목적이 없는 행위는 그들에게 아무런 의미도 없기 때문이다.

그들은 엘프.

목적을 잃어버리면 몸이 썩어 버리는 존재다.

그런 그들에게 목적 없는 만남을 바라는 것 자체가 우스운 것이다.

운정이 말했다.

"어떤 도움이 필요하느냐? 마지막으로 어머니가 되기 전에 내가 꼭 돕고 싶다."

우화가 말했다.

"시아스를 통해서 말씀드렸다시피, 인간들이 바르쿠으르를 침공했어요. 그들은 아직 바르쿠으르의 어머니를 찾아내지 못했지만, 지금처럼 계속해서 찾다 보면 아마 곧 바르쿠으르의 어머니를 발견하게 되겠지요. 그 인간들을 물리쳐 주셨으면 해요."

"너희가 뿌리를 내리는 것과 바르쿠으르와는 무슨 상관이 있느냐?"

우화는 고개를 끄덕였다.

"시르퀸은 바르쿠으르의 모든 유산을 받기로 했어요. 오랜 세월을 살아온 어머니께서는 더 이상 새롭게 일족을 꾸려 나갈 열정과 의지가 없으시다고… 그래서 시르퀸이 그 유지를 이어받았으면 하시나 봐요."

"……"

"이에 시르퀸은 승낙했어요. 숲과 사막이 공존하는 건 매우 어려운 일이 될 것이 분명하죠. 그러니 오래된 어머니의 지혜와 유산을 빌리는 것은 현명한 선택이니까요. 따라서 시르퀸이 그 모든 것을 물려받을 때까지만이라도, 바르쿠으르의 어머니를 지켜 주세요."

운정은 잠시 고민하다가 말했다.

"나는 지금 중원으로 향하는 길이었다. 때문에 시간을 오래 내기가 어렵구나. 하지만 신무당파의 개파조사로서, 일대제자가 위험에 처했다는데 못 본 척할 수는 없지. 길을 안내할 수 있느냐?"

우화가 고개를 저었다.

"인간 세상에서 영향력만 끼쳐 주셔도 괜찮아요. 아버지에겐 아버지의 일이 있으니까요."

느긋한 그녀의 말에는 다급함이 전혀 없었다.

하지만 운정은 알았다.

만약 우화가 인간이었다면 필사적으로 매달릴 일이라는 것을.

그렇지 않고서야 두 번이나 같은 이야기를 했을 리가 없다.

자신의 삶과 그 목적에 대해서 넌지시 물었던 카이랄처럼.

숲과 사막의 공존에 대해서 넌지시 물었던 시르퀸처럼.

우화는 지금 그의 도움을 넌지시 요구하고 있다.

마치 아무 일도 아닌 것처럼 말하지만, 실상은 그와 크게 다르다.

그들은 엘프.

각자의 삶을 존중하기에, 자신의 삶을 타인의 삶에 앞세우지 않을 뿐이다.

자신들의 목적이 흔들리고, 자신들의 목숨이 위험하더라도.

적어도 운정은 그렇게 이해했다.

"나는 직접 가서 시르퀸을 보고 싶다. 물론 오래 있을 수는 없겠지만."

운정의 말에 우화는 모호한 표정을 지었다.

그녀는 운정에게 손을 뻗으며 말했다.

"정 그러시다면."

운정은 그 손길에서 시르퀸의 손길이 겹쳐 보이는 듯했다.

그들의 움직임은 동일했다.

운정이 그 손을 잡았다. 그 순간 그가 경험해 보지 못한 어떤 축복이 그들을 감싸 안았다.

그들의 몸이 반투명해지며, 땅 아래로 스며들기 시작한 것이다.

땅속에서, 우화는 헤엄을 쳤고 운정은 그녀를 따라 움직였다.

운정이 말했다.

"무슨 축복이더냐?"

앞서 나가던 우화가 대답했다.

"모래의 축복이에요. 땅속을 유영할 수 있죠."

"……."

"숲의 축복보다는 빠르지 않지만, 대신 땅이 있는 어느 곳에서든 쓸 수 있어요."

"이대로 바르쿠으르까지 가느냐?"

"그건 불가능하지요. 바르쿠으르에는 땅이 없으니까. 그래서 그 주변으로 갈 거예요."

그곳은 무한히 쌓인 나뭇잎이 땅을 대신하는 곳이다.

그들은 그렇게 계속해서 나아갔다.

그렇게 적어도 한 시간을 유영한 끝에, 우화의 방향이 위쪽으로 향했다.

"거의 다 왔어요. 올라가기만 하면 돼요."

"알겠다."

그들은 곧 땅 밖으로 나올 수 있었다.

그곳은 숲의 가장자리였다.

숲과 들판의 경계선이 아니라, 심화된 숲의 경계선이다.

한쪽으로는 평범한 숲의 모습이 이어졌고, 다른 쪽으로는 나뭇잎이 땅과 하늘을 대신하는 심화된 숲이 있었다.

우화는 그 심화된 숲 안으로 걸어 들어갔고, 운정 역시 그녀를 따라갔다.

그 경계선을 넘어가자, 엄청난 양의 마나가 가득 느껴지기 시작했다. 특히 테라(Terra)만 놓고 보면 마치 HDMMC에 안에 들어온 듯했다.

그뿐이랴.

운정은 각각의 나무 위에서 이리저리 뛰놀고 있는 엘리멘탈들을 볼 수 있었다. 그 엘레멘탈들은 형체가 완전하지 않았고, 배에서부터 탯줄과 같은 것이 있어 각각의 나무에 달린 열매와 이어져 있었다.

운정은 그 열매들을 보며 중얼거렸다.

"엘리멘탈의 알이구나."

앞에서 걷던 우화가 말했다.

"바르쿠으르에 전해져 내려오는 알들이죠. 바르쿠으르의 어머니께서 모두 모아 놓으셨어요. 이후 새롭게 태어날 바르쿠으르의 개체들을 위해서."

바르쿠으르의 디사이더 아락세스는 이십여 명을 제외한 모든 개체를 라스 오브 네이쳐로 희생시켰고, 그 이후 태어나는 개체들이 무공을 익힐 수 있게끔 안배하려 했다.

이후 바르쿠으르의 어머니는 카이랄에 건물을 세워 주면서 대량의 마나를 대가로 가져갔었다.

거기에다가 이토록 수많은 엘리멘탈들의 알까지 관리했다.

이 모든 것은 분명 새로운 세대를 위한 것일 텐데, 왜 이 모든 것을 시르퀸에게 넘기려는지 운정은 그것이 궁금해졌다.

그가 물었다.

"바르쿠으르의 어머니께서는 열정과 의지가 없다 했는데, 어찌 이 많은 것을 준비한 것이더냐?"

우화는 잠시 고민하더니 대답했다.

"그것까지는 제가 알 수 없지만, 당연한 이유에서 그런 것 아니겠어요?"

"당연한 이유?"

"자기 자신보다 시르퀸이 바르 일족을 더 잘 가꾸어 내리라 판단하신 거겠죠."

"……."

"시르퀸은 무공을 직접 익혔어요. 그녀는 앞으로 열매 맺을 개체들에게 무공에 관련된 영양분을 얼마든지 줄 수 있지요. 그러니 그녀가 어머니가 되는 편이 바르 일족 전체를 위해서 더 좋다 판단하신 게 아닐까요? 제 생각은 그래요."

철저하게 이기적이면서도 철저하게 이타적인 엘프들.

영원히 이해할 수 없으리라 생각했던 그들이 이제는 이해된다.

카이랄도 그렇고.

시르퀸도 그렇고.

우화도 그렇고.

운정은 힘없이 중얼거렸다.

"그렇구나. 그래, 그것이 엘프지."

그들은 꾸준히 걸었다.

그러다가 한 와쳐를 마주했다.

그녀는 전에 운정이 보았던 와쳐로, 천 년이 넘는 세월을 살아온 그녀였다.

전처럼 단발이 유독 눈에 띄었다.

그녀가 운정에게 말했다.

"다시 보는군."

운정이 포권을 취했다.

"시르퀸과 어머니는 잘 계십니까?"

그녀는 고개를 끄덕였다.

"시르퀸이 곧 내 어머니를 대신하게 될 것이다. 내가 접붙여질지 아니면 떨어질지는 모르겠지만, 그 전에 널 만나서 다행이다."

"다행이요?"

그녀는 우화를 슬쩍 보고는 다시 운정에게로 시선을 돌렸다.

"한 가지 의문이 생겨서. 물어보고 싶은 것이 있다."

"……"

"혹시 나와 마주한 적이 있지 않은가? 그러니까, 전에 바르쿠으르에서 본 것 말고. 그보다 더 이전에 말이야."

"더 이전이라고 하시면?"

"흐음, 적어도 수십 년 전에……."

운정은 고개를 저었다.

"아니요, 그땐 태어나지도 않았습니다."

와쳐는 고개를 갸웃하더니 말했다.

"그런가… 흐음, 알겠다. 아무튼 일단 어머니께로 안내하지."

그녀는 몸을 돌려 걷기 시작했고, 우화와 운정은 그녀의 뒤를 따라갔다.

바르쿠으르의 중심.

그곳에 도착하자, 그들은 시르퀸을 볼 수 있었다.

시르퀸은 본래 몸집보다 대략 세 배가 더 커진 상태였다. 그녀의 두 다리는 수없이 많은 나뭇잎 사이로 뿌리를 내리고 있었고, 그녀의 양팔에선 굵은 잔가지들이 자라나고 있었다. 그녀의 머리카락은 푸르른 나뭇잎이 되었다.

그녀는 그렇게 하나의 나무가 되어 가고 있었다.

와쳐는 어느 정도 선에서 더 다가가지 않고 우두커니 섰다. 그러나 우화는 그녀 바로 아래까지 가서 그녀의 무릎에 손을 올렸다.

그러자 절대 움직이지 않을 것 같았던 그녀의 두 눈이 스르르 떠졌다.

그녀의 눈동자가 느리게 움직이더니 곧 우화를 향했다.

우화는 미소를 지으며 그녀를 올려다보았다.

"응, 이제 나도 뿌리를 내릴게. 그 전에 아버지를 데려왔어. 인사하고 싶으시대."

운정은 고개를 들어 높이 위치한 시르퀸의 얼굴을 보았다.

아무런 감정도 없던 시르퀸의 두 눈에 작은 감정 하나가 떠올랐다.

순수한 기쁨.

그녀는 아직 하이엘프로서의 이성이 있을 때 운정을 만나게 된 것이 기뻤고 운정은 이를 본능적으로 알 수 있었다.

운정이 포권을 취하며 말했다.

"어머니가 된 것을 축하한다, 시르퀸."

시르퀸의 두 눈이 웃음기를 머금었다.

우화가 운정을 돌아보며 말했다.

"와 줘서 고맙대요, 아버지."

운정도 마주 웃어 보이곤 다시 말했다.

"신무당파의 도를 잊지 않고, 사막과의 공존을 시험하기로 한 네 선택은 내가 감히 가늠할 수도 없는 수준이다. 엘프에 대해서 다 알지는 못하지만, 일족의 번성보다 공존을 먼저 선택한 너는 이미 네 한계를 뛰어넘은 자이며, 앞으로 모든 신무

당파의 제자들에게 귀감이 될 것이다. 절대로 네가 잊히지 않
도록 하겠다."

시르퀸의 눈에 웃음기가 더욱 진해졌다.

우화가 말했다.

"시르퀸 또한 아버지를 절대 잊지 않을 거래요. 비록 아버지
의 씨앗을 얻진 못했지만 그녀가 얻은 어떠한 씨앗들보다 크
고 좋은 것을 주셨으니, 시르퀸이야말로 아버지의 이야기를 모
든 자식들에게 해 주겠대요."

그 순간 따스함이 운정의 마음속에 들어왔다.

운정은 그것을 가장 깊은 곳에 고이 간직했다.

그가 포권을 내리며 말했다.

"너를 위협하는 이가 있다 들었다. 신무당파의 개파조사로
서, 제자가 처한 위험을 못 본 척할 수는 없지. 짧은 시간밖에
내지 못하겠지만, 그동안은 온 힘을 다해 그들을 물리도록 하
마."

이에 시르퀸의 눈길이 와쳐를 향했다.

와쳐가 운정에게 말했다.

"나를 따라오면 된다. 그럼 그들이 있는 곳으로 안내하도록
하지."

와쳐는 이후 몸을 돌려서 걸어갔다.

운정은 시르퀸과 그녀의 뿌리에 몸을 기대고 있는 우화를

한 번씩 번갈아 봤다.

시르퀸과 우화는 똑같은 표정으로 운정을 바라보고 있었다.

운정이 말했다.

"잘 있거라."

그는 그들을 더 보지 않고 몸을 돌렸다.

만약 지금 몸을 돌리지 않는다면, 앞으로 영영 돌리지 못할 것 같은 기분이 들었기 때문이다.

카이랄처럼 앞으로 그들과는 대화할 수 없을 것이다.

운정은 그 사실이 주는 슬픔을 마음에서 애써 밀어냈다.

*   *   *

와쳐의 속도는 극히 빨라, 운정은 제운종을 펼쳐야 했다. 극성까진 아니었지만, 그래도 웬만한 맹수만큼이나 빠른 속도로 그들은 심화된 숲의 가장자리로 나아갔다.

"다 왔다."

와쳐는 그 말을 끝내는 즉시 그 자리에 우두커니 멈춰 섰다. 조금도 뒤로 밀쳐지는 것 없이, 일순간에 모든 속도가 사라진 듯했다.

운정이 그 말을 듣고 멈췄을 때는, 그 와쳐보다 좀 더 앞으로 나아간 상태였다.

때문에 와쳐는 심화된 숲 쪽에 있었고, 운정은 그 심화된 숲에서 벗어난 상태였다.

그는 휑하게 비어 있는 쪽을 바라보며 말했다.

"나무가 전부… 썩어 있군요."

심화된 숲은 당연하지만 숲이 심화된 것이다.

다시 말하자면, 숲속에서만 발생할 수 있는 환경이라는 것이다.

이렇듯 심화된 숲에서 바로 공터로 이어질 수는 없었다.

그 증거로 심화된 숲의 하늘과 땅을 이루고 있는 나뭇잎들이 바람에 의해 공터 쪽으로 휘날리고 있었으며, 그와 함께 심화된 숲의 하늘과 땅이 점차 드러나고 있었다.

환경이 밀려나고 있는 것이다.

와쳐가 말했다.

"본래 바르쿠으르는 어머니의 강력한 힘에 의해서 어떠한 인간도 함부로 침투할 수 없는 곳이다. 하지만 어머니께서는 상당한 양의 힘과 의지를 잃으셨다. 때문에 바르쿠으르가 밖으로 노출되었지. 시르퀸이 힘을 내고 있지만, 그녀는 아직 완전히 뿌리를 내리지 못한 상태. 그래서 인간들에게 바르쿠으르의 존재가 드러난 듯싶다."

죽은 나무들은 땅 위에서 썩고 있었으며, 이미 이곳저곳에

늪이 생겨 있었다. 그것은 눈에 보이는 지평선까지 쭉 이어졌는데, 그 안에 죽어 있는 모든 나무들을 세어 보면 적어도 백만은 족히 넘을 것 같았다.

운정이 말했다.

"이것이 자연적인 현상이 아니고 인간이 일으킨 것입니까?"

와쳐가 말했다.

"그들이 무엇을 바라고 바르쿠으르를 찾으려 하는지는 전혀 알 수 없다. 다만, 바르쿠으르를 찾기 위해서 이 넓은 숲을 모두 죽이는 것도 서슴지 않고 있어."

"……."

"이것을 한 개인이 할 수는 없을 것이다. 적어도 한 학파, 혹은 한 국가가 나서서 하는 일임이 틀림없다. 바르쿠으르에는 이것을 막아 낼 힘이 없어. 때문에 시르퀸과 우화는 네게 부탁하려 했다. 네게는 큰 영향력이 있다면서."

나무로 인해서 수많은 생명이 살아 간다.

그것은 단순히 생명을 넘어서 공존의 터를 제공한다.

백만의 나무가 사라질 때 천만의 생명이 같이 사라진다 봐도 과언이 아니다.

세상에 어떠한 대의가 이런 만행을 정당화할 수 있을까?

운정은 양손을 앞으로 뻗었다.

그러자 그의 양손에 영령혈검이 절로 쥐어졌다.

운정이 말했다.

"제가 조사해 보고 이 사태를 해결해 보겠습니다. 돌아가셔
도 좋습니다."

와쳐는 운정을 물끄러미 보다가 말했다.

"이 자리에서 기다리겠다. 본래 일이 지키는 것이기도 하
고."

운정은 살짝 고개를 끄덕이고는, 제운종을 극성으로 펼쳐
앞으로 치고 갔다.

탁.

그가 밟고 나아가는 나무 시체들은 이미 그 속이 완전히
썩었는지, 허무하게 땅으로 바스러졌다.

바닥에선 고약한 냄새가 올라와 늪지대를 뒤덮었기에 운정
은 호흡하는 숨 하나하나에서 죽음의 기운을 느낄 수 있었다.

그가 그렇게 쉬지 않고 앞으로 나아가자, 늪지대의 끝이 보
이기 시작했다. 그곳은 평야로 이어지고 있었는데, 넓은 들판
에 사람의 발등에도 채 올라오지 못하는 잡초들만이 무성한
곳이었다.

운정은 그곳에 안착했다.

그리고 눈길을 좁히며 주변을 넓게 탐색했다.

"저기로군."

그는 다시금 제운종을 펼쳐서 나아가기 시작했다.

그가 나아가는 방향에는 대략 백여 명 정도로 보이는 마법사들이 있었다. 그들 중 대략 이십여 명은 하나의 마법진에 모여들어 마법을 시전하고 있었고, 나머지 팔십여 명은 책을 읽거나 음식을 먹거나 경계를 서는 등, 다양한 일을 하고 있었다.

그런데 그들 중 누군가 빠르게 다가오는 운정을 보았다. 그리고 그 소식은 그들 간에 빠르게 퍼져 나갔다.

운정이 그들 앞 20m쯤에 도착했을 땐, 팔십여 명의 마법사들이 모두 지팡이를 든 채 그를 노려보고 있었다.

그들은 동시에 지팡이를 앞으로 뻗으며 말했다.

[파워-워드 디어사이드(Power word, deicide).]

그 말을 듣는 순간 운정의 눈동자가 크게 떠졌다.

그것은 분명 전에 고바넨이 그에게 펼쳤던 마법으로, 그는 즉사 주문에 면역이었으나, 이 주문에는 정신을 잃었었다.

팔십여 개의 지팡이에서 뿜어진 가느다란 노란빛은 이제 하나의 구체가 되어 순식간에 운정에게 날아왔다. 이것은 찰나의 순간에 일어난 일로, 회피할 수 있는 종류의 것이 아니었다. 그것은 곧 운정의 몸에 직격했다.

하지만 운정은 마치 아무런 일도 일어나지 않은 듯 계속해서 앞으로 나아갔다. 마법사들이 당황한 눈길로 그를 바라보는데, 운정은 그들 중 가장 화려한 복장을 한 마법사 코앞에 섰다.

그가 말했다.

"전 드래곤본을 두르고 있기에 마법이 통하지 않습니다. 그러니 더 공격하는 것은 무의미할 것입니다."

그의 말에 그 마법사는 황당하다는 표정으로 말했다.

"데, 데빌(Devil)이 아, 아닌가? 이, 인간인가?"

운정이 되물었다.

"데빌이요? 왜 저를 데빌이라 생각하셨습니까?"

그 마법사는 마른침을 삼킨 뒤에 주변에 있는 마법사들을 흘겨보았다. 하지만 그 누구도 그 마법사에게 이렇다 할 답을 주지 못했다.

그 마법사는 하는 수 없이 운정을 다시 볼 수밖에 없었다.

"마법의 도움도 없이 그런 식으로 뛸 수 있는 자는 데빌밖에 없다."

운정은 미소 지었다.

"전 중원인으로 중원의 기술인 무공을 익히고 있습니다."

"주, 중원인?"

그 마법사는 중원인을 아는 듯했다.

그가 서서히 지팡이를 내리자, 다른 마법사들도 그를 따라 천천히 지팡이를 내렸다.

그러자 운정도 영령혈검을 내리면서 말했다.

"예, 중원인입니다. 마족이 아니라 같은 인간이지요."

그 마법사는 의심의 눈초리로 운정을 훑어보았지만, 이내 곧 그에게 공격 의사가 없다고 믿고는 말했다.

"그, 그럼 델라이에서 소환했다는 그 중원인이 바로 당신입니까?"

운정은 고개를 끄덕였다.

"그게 아마 저일 겁니다. 이름은 운정이라 합니다."

그 마법사는 나지막하게 말했다.

"하나 묻겠는데, 당신은 혹시 마스터 데란을 아십니까? 우리 테라 학파의 마스터인데 당신이 우리를 고용했다고 들었었습니다. 그런데 델로스에 건물 하나를 세우지 않았습니까? 저도 그 공사에 참여했었습니다."

운정이 고개를 갸웃했다.

"아, 테라 학파의 마법사들이십니까? 건물은 완공되어 잘 쓰고 있습니다."

그 마법사는 안도의 한숨을 쉬었다.

"역시 그렇군. 정말 다행입니다. 신살 주문이 당신에게 통하지 않는 걸 보고 뭔가 잘못됐다고 생각했습니다. 당신이 데빌이었다면 우리는 모조리 죽은 목숨이었겠지요. 정말 다행입니다."

그 말에 팔십여 명의 마법사들이 다 같이 긴장을 풀었다.

하지만 운정은 굳은 표정을 풀지 않았다.

그가 물었다.

"제가 이곳에 온 것은 한 가지 묻기 위함입니다. 혹 숲을 파괴하여 저 늪지대로 만드신 분들이 여러분들이십니까?"

그의 어투가 그리 우호적이지 않자, 그 마법사 또한 다시금 얼굴을 굳히며 대답했다.

"그렇습니다. 혹 뭔가 잘못된 것이 있습니까? 설마 델라이가 이 바르 숲을 국토로 삼고 있었습니까?"

운정은 고개를 저었다.

"아닙니다."

그 마법사가 눈초리를 모으며 다시 물었다.

"그런데 무슨 용무이십니까?"

운정이 말했다.

"이 안에는 엘프의 터전이 있습니다. 당신들이 숲을 무너뜨리는 이 행위는 그들의 터전을 침략하는 행위이기 때문에, 그들의 의사를 전달하고자 왔습니다. 아니, 제가 그들의 보호자가 되기에 당신과 이야기를 나눠 보고자 합니다."

그 마법사의 표정은 더욱더 차갑게 변했다.

이에 다른 마법사들도 다시금 지팡이에 손이 갔다.

그 마법사가 말했다.

"아무래도 저와 논할 것이 아닌 듯하군요. 마스터 데란을 부르겠습니다. 잠시 기다려 주실 수 있겠습니까?"

"시간이 촉박합니다. 빠르게 불러 주시면 감사하겠습니다."

그 마법사는 대놓고 눈살을 찌푸리더니 몸을 돌렸다.

그러곤 한쪽에 있는 천막에 들어가더니, 대략 삼 분 정도
뒤에 나왔다.

그가 운정에게 말했다.

"바로 오신다고 하십……"

그 말이 끝나기도 전에, 한쪽 공터에 데란이 공간이동하여
도착했다.

데란은 자신의 옷을 털고는 지팡이를 잡은 채로 운정에게
걸어왔다.

그는 얼굴에 미소를 띠고 있었지만, 그 눈은 전혀 웃고 있
지 않았다.

그가 말했다.

"안녕하십니까, 운정 도사님. 그러고 보니, 그때 이후로 뵙
질 못했군요. 건물은 어떻습니까? 마음에 드십니까?"

운정은 포권을 취했다.

"대단히 만족하고 있습니다, 감사합니다."

데란의 미소는 더욱 깊어졌으나, 눈은 여전히 그대로였다.

그가 헛기침을 하더니 말했다.

"한데… 이런 곳에서 또 이렇게 뵙게 될지는 몰랐습니다.

제가 정확한 사정을 듣지 못해서 그러는데, 운정 도사께서 이곳에 방문하신 이유가 무엇 때문이라고 하셨습니까?"

운정은 손가락으로 바르쿠으르가 있는 방향을 가리켰다.

"저와 깊은 친분이 있는 엘프 일족이 있습니다. 지금 테라 학파에서 시전하는 마법은 분명 숲을 죽이는 마법이겠지요. 엘프 일족은 이 행위를 침공 행위로 받아들이고 있습니다. 전이 사이에서 중재자가 되고 싶습니다."

데란은 미소를 유지한 채 말했다.

"글쎄요. 무슨 이야기인지 잘 모르겠군요. 저쪽 방향에 엘프가 있었다면 분명 한 번쯤은 가디언이나 와쳐와 마주쳐야 하지 않았겠습니까? 하지만 지금까지 계속 작업을 하면서 그런 일은 없었습니다. 흐음, 그러니 저쪽 방향에 엘프 일족이 살고 있다는 그 말은 솔직히, 허허허, 저희 입장에선 받아들이기 어렵습니다."

운정이 말했다.

"이렇게 숲을 죽이는 마법을 펼치시는 목적은 무엇입니까? 무슨 목적으로 이런 일을 행하시는 겁니까?"

데란은 입술을 한 번 내밀더니 말했다.

"글쎄요. 당신의 학파에도 큰 비밀들이 있듯 제 학파에도 비밀이 있지요. 아쉽지만 이 일이 무슨 목적에서 이뤄지는지는 말해 드릴 수 없습니다."

운정이 다시금 말했다.

"델로스에 일어난 라스 오브 네이쳐를 아시겠지요. 엘프들의 힘을 간과해서는 안 됩니다. 그들은 지금껏 자신들의 방식으로 잘 살아왔습니다. 그러니 그들의 생존을 위협하다간 되레 큰 화를 당하실 수 있습니다."

데란은 이제 얼굴을 확 일그러뜨리더니 손을 내밀며 말했다.

"운정 도사님, 말씀 중에 죄송하지만, 운정 도사님께서 왜 이런 말씀을 하시는지 도통 모르겠습니다. 저희가 하는 사업에 갑자기 나타나셔서 왜 방해하려고 하시는 겁니까?"

"저는 제 이유를 말했습니다. 제가 친분이 있는 엘프 일족을 보호하기 위해서라고요."

"그러니까, 그게 너무나 허황되게 들린다는 말입니다. 그렇지 않습니까? 갑자기 뜬금없이 나와서는 엘프 일족이 있으니 공사를 중지하라는 게 말이 됩니까?"

운정은 눈을 한 번 감더니 말했다.

"사업이라 하셨지요. 좋습니다. 이 사업으로 인해서 벌어들이는 돈이 얼마나 됩니까? 제게는 드래곤본이 아주 많습니다. 마스터 데란께서는 드래곤본을 더 얻고자 하셨었지요. 이 사업으로 인해 약속받은 대금을 제가 드래곤본으로 대신 지불해 드리겠습니다. 그러니 여기서 멈춰 주십시오."

데란은 고개를 뒤로 빼며 웃었다.

"그게 그렇게 간단한 것이 아닙니다, 운정 도사님. 계약에는 계약금만 있는 것이 아니라 그에 따른 배상금도 있게 마련입니다. 아아, 더 들어 보세요. 배상금뿐 아니라 평판도 달려 있지요. 아시다시피 테라 학파는 파인랜드 전역에서 사업을 하고 있습니다. 때문에 눈앞의 이익 때문에 약속을 깰 수는 없는 것입니다."

운정이 빠르게 말했다.

"그럼 그 당사자를 만나게 해 주십시오. 이 사업을 당신에게 맡긴 그 사람과 삼자대면을 하여 서로가 서로에게 이익이 되는 방향으로 논의해 보고 싶습니다."

그 말이 끝나자 데란은 더 말하지 않고 지그시 운정을 바라보았다.

운정도 마찬가지로 데란을 계속해서 바라봤다.

오랜 침묵 끝에 데란이 씩 웃더니 고개를 마구 끄덕였다.

"운정 도사님도 아셨군요. 아니, 델라이인가요?"

운정은 단조로운 목소리로 물었다.

"이젠 진실을 말하실 겁니까?"

데란은 피식 웃으며 말했다.

"좋습니다, 좋아요. 예, 진실을 이야기하지요. 그리고 그 안에서 해결책을 보십시다. 운정 도사님, 저도 당신과 델라이와 싸우고 싶지 않습니다. 그러니 정확하게 반으로 하시지요."

"무엇을 말씀하시는 겁니까?"

데란은 어이없다는 듯 손을 들어 얼굴을 한 번 쓸어내리더니 말했다.

"끝까지 모른 척하실 겁니까? 사제들보다 더하시군요. 당연히 저 엘프 일족이 땅에 숨기고 있는 막대한 마나 아니겠습니까? 그것도 진하디진한 테라 말입니다."

"……."

테라 학파에서 테라를 탐내는 것은 어찌 보면 당연한 것이다.

데란은 말 없는 운정의 표정을 물끄러미 바라보다가, 날카롭게 되물었다.

"모르셨군요?"

운정은 고개를 저었다.

"압니다. 그 테라는 엘프 일족이 다시금 번성하기 위해서 꼭 필요한 것이라 모를 수가 없지요."

"……."

이번에는 데란이 말이 없었다.

운정이 말을 이었다.

"남의 것을 탐내는 것은 옳지 못한 일입니다. 만약 제가 친분이 있는 엘프 일족의 테라를 계속해서 탐하신다면 전 테라 학파를 저지할 수밖에 없음을 알려 드리고자 합니다."

데란은 묘한 표정을 떠올렸다.

"그것 참 재밌군요. 마법사 학파, 그것도 파인랜드 전체에서 활동하는 전국적인 학파를 상대로 그런 말씀을 하시다니. 확실히 젊음이 좋지요? 앞뒤 재지 않고 그런 말을 거침없이 할 수 있으니까요."

"젊음의 혈기로 인해서 이런 말을 하는 것이 아닙니다. 당신은 당신과 절친한 친우의 것을 누군가 훔치려 한다면 그 도둑을 저지하려 하지 않겠습니까? 간단한 것입니다."

데란은 너털웃음을 터뜨리더니 자신의 수염을 만지작거리며 말했다.

"하지만 현실은 그리 간단하지 않지요. 운정 도사께서 나이가 어리시니 시야가 좁으신 것 같아서 제가 대신 하나하나 말씀드리겠습니다."

운정은 포권을 취했다.

"가르침 부탁드리겠습니다."

그 말에 데란의 입꼬리가 살짝 떨렸지만, 곧 비웃음을 머금고는 말했다.

"첫째로는 신무당파의 건물이 있습니다. 그 웅장하기 짝이 없는 건물은 저희 학파 전체가 동원되어 건설해야 했을 정도로 전문성을 요하는 건물입니다. 테라 학파를 제외하고도 건물을 세울 줄 아는 몇몇 학파들이 파인랜드 안에 있긴 합니다만, 그만한 건축물을 유지하고 보수할 수 있는 건 저희 테라학파뿐입니다. 앞으로 저희와의 관계가 틀어지신다면, 더 이상 그 건물에 안정화 마법을 걸어 드릴 수 없으니, 빠르면 삼 개월 안에 무너져 버리고 말 겁니다."

그 말을 들으면서 운정의 표정에는 아무런 변화가 없었다.

데란이 지그시 운정을 보는데, 운정이 툭 하니 말했다.

"첫 번째가 있는 걸 보니 더 있는 듯한데, 계속 말씀해 보시지요."

그 말에 데란은 팔짱을 끼며 말했다.

"두 번째로는 델라이가 있습니다. 제가 알기론 이 엘프 부족이 이런 막대한 양의 테라를 가지게 된 경위는, 이 일족이 라스 오브 네이쳐를 펼치되, 그중 테라만은 내뿜지 않고 땅속에 품었기 때문이겠지요. 만약 그들이 델로스를 향해서 온전한 라스 오브 네이쳐를 펼쳐, 지진까지도 일으켰다면 그걸 막아 내진 못했을 겁니다. 불완전한 것이었기 때문에 막아 낸 것이겠지요. 어쨌든 제 이야기는, 그 엘프 일족은 델라이와 적이라는 겁니다. 단순히 국토를 공격한 게 아니라 수도를 공격한 일족이니까요. 아까 전 운정 도사님의 반응을 보았을 때, 운정 도사는 머혼 섭정을 등 뒤에 업고 이러는 것이 아니라는 것이 드러났습니다. 개인적으로, 또 독자적으로 저희를 방해하려고 하는 것이지요. 그렇다면 제가 머혼 섭정께 이번 일을 말씀드린다면? 운정 도사께서는 필히 난처한 상황에 빠지시게 될 겁니다."

운정이 고개를 끄덕이며 말했다.

"더 있다면 계속 말씀하시지요. 모두 듣고 제 의견을 말하겠습니다."

데란의 미간이 살짝 흔들렸다.

그는 헛기침을 하며 다시금 미소를 짓더니, 이내 다시 말을 시작했다.

"세 번째이자 마지막으로는 스페라 백작이 있지요. 저와 스페라 백작의 관계는 꽤나 오래되었습니다. 하지만 제가 알기론 당신은 스페라 백작을 만난 지 이제 막 한두 달이 되었을 뿐이지요. 파인랜드 안에서 거침없이 자기 뜻대로 행동하던 그녀도 저희 테라 학파 전체를 상대하는 것은 무리인지, 갈등이 생겨도 대화로 원만하게 풀곤 했습니다. 그런 그녀가 이 갈등에 대해서 알게 됐을 때에, 누구의 편을 들겠습니까?"

운정이 포권을 내리며 데란과 똑같이 팔짱을 끼더니 말했다.

"그렇다면 마스터 데란께서는 신무당파의 건물, 델라이 그리고 스페라 스승님. 이 세 가지로 인해서 제가 당신을 막을 수 없다고 믿는 것입니까?"

"그보다는, 운정 도사께서 그 세 가지 현실을 간과하고 젊은 혈기를 앞세우는 것이 아닌가, 염려하여 알려 드린 것입니다."

운정은 고개를 끄덕였다.

"첫 번째는 생각하긴 했습니다만, 두 번째와 세 번째는 확실히 생각지 못했습니다. 하지만 그렇다 하여 제 행동이 변하지는 않을 것 같습니다."

"……."

"만약 앞으로도 테라 학파에서 저와 친분이 있는 엘프 일족의 테라를 빼앗으려 든다면, 전 테라 학파 전체와 대립할 것이며 피를 흘리지 않는 선에서 테라 학파를 막을 것입니다. 만약 그럼에도 불구하고 욕심부리기를 자기 생명보다 더 먼저 생각한다면, 누군가 피를 흘리는 일도 나올 것입니다."

데란은 고개를 갸웃하더니 말했다.

"운정 도사님께서 아무 생각 없이 그런 말을 하시는 건 아니겠지요? 한번 들어나 봅시다. 제가 말씀드린 그 세 가지. 그 세 가지 현실을 어떻게 감당하시려고 저희와 대립하려 하십니까? 한번 말씀이나 해 보십시오."

운정은 데란을 똑바로 바라보며 말했다.

"첫 번째로 신무당파의 기틀은 그 건물에 있는 것이 아닙니다. 그 무에 있고 그 협에 있으며 그 제자들에 있는 것입니다.

건물이 무너진다면 다른 곳에 세우면 그만일 따름입니다. 만약 제가 신무당파의 건물 하나 때문에 신의를 저버린다면, 전 신무당파를 개파할 자격조차 없는 사람일 겁니다. 그리고 논외로, 이 일을 오랫동안 하신 걸 보니 신무당파 건물을 세우기 위해서 모든 제자를 동원하지는 않으셨던 것 같습니다."

"……."

"두 번째로 델라이를 공격한 엘프 일족은 바르쿠으르라 합니다. 하지만 그 어머니는 죽음을 준비하고 있으며 한 하이엘프가 유지를 이어 새로운 일족으로 거듭나려 합니다. 이미 계승은 시작되었으므로, 이젠 새로운 일족이라 봐야 합니다. 엘프들은 인간과 달라, 한 세대와 그다음 세대는 완전히 다른 개체입니다. 지금 새로운 어머니가 된 하이엘프는 바르쿠으르의 의사 결정에 어떠한 영향력도 끼칠 수 없었으니, 어떠한 책임도 가질 수 없습니다. 따라서 엄밀히 말하면 그들과 델라이는 적대 관계라 할 수 없습니다. 아무 관계가 없다 해야 하지요."

"……."

"그리고 세 번째로 스페라 스승님께서는 현재 신무당파의 객원 장로로 있습니다. 단어가 생소하실까 하여 말씀드리는데, 이것은 학파로 말씀드리면 초빙된 마스터와 같습니다. 하지만 단순한 손님이 아니십니다. 신무당파의 규율을 제정하는 데도 관여하셨고, 또 많은 부분에서 이미 큰 도움을 주셨습니다. 그녀가 테라 학파와 깊은 친분이 있다 하셨지요. 하지만 그렇다 해서 그녀가 자신이 속한 신무당파를 저버리고 테라 학파를 선택할 리는 없다고 봅니다."

지금까지 묵묵히 듣고 있던 데란이 팔짱을 풀고는 양손을 펼쳐 보이며 말했다.

"좋습니다. 그럼 제가 다시 반박할 차례로군요."

운정이 고개를 끄덕였다.

"얼마든지 하십시오."

데란이 말을 시작했다.

"건물이 필요 없다 하셨는데, 그 말의 의미가 설마 아무 지붕도 없는 곳에서 신무당파를 세우겠다는 뜻은 아니시겠지요. 굳이 그 건물이 아니라, 다른 건물을 세우면 된다는 뜻일 겁니다. 하지만 건물을 건설할 수 있는 마법사들은 제가 말씀드린 것처럼 테라 학파를 제외하고는 극소수에 불과합니다. 그리고 그들은 전부 테라 학파과 직간접적으로 연관이 있지요. 저희가 입김을 불어넣는다면 신무당파의 건물을 세우려고 하는 곳은 어디에서도 찾을 수 없을 겁니다. 장담하건대, 저희 테라 학파는 그 정도의 영향력이 있습니다. 저희만큼 세속적인 곳도 없으니까요. 따라서 그 위치를 포기하고 수도 내 기존의 건물을 사용하셔야 할 겁니다."

"……."

"또 그 일족이 새롭게 되었다고 해서 책임이 없다 하셨는데, 그것은 엘프의 문화이지 인간의 문화가 아닙니다. 왕이 죽고, 왕자가 그 나라를 계승한다면, 응당 그 나라의 과오 또한 계승하는 겁니다. 전 시대의 일이라면서 모른 척하거나 할 수는 없습니다. 엘프들의 문화가 그렇다고 해서 우리가 그걸 존중해야 합니까? 만약 그렇다면, 엘프들 또한 인간들의 문화를 존중해서, 델라이가 그 일족에게 앙금을 품는 것을 겸허히 받아들여야 할 것입니다."

"……."

"그리고 마지막으로 스페라 백작께서 신무당파에 속해 있으니, 그쪽의 편을 들 거라 하셨는데, 그녀가 임시로 속했던 학파가 제가 아는 것만 다섯 개는 넘을 겁니다. 그녀의 변덕은 전 파인랜드가 알아주는 수준이지요. 그런 그녀가 델라이에 계속 머무르는 이유도 그 왕가의 서재 하나 때문입니다. 신무당파에 있는 것도 이계에 대한 호기심 때문이겠지요. 그녀는 지금껏 수십 수백 명의 제자를 충동적으로 받았고, 또 길렀습니다만 곧장 질려서 떠나기 일쑤였습니다. 저희 학파에만 여럿 있지요. 그러니 그토록 변덕스러운 그녀가 규율을 제정하는 데 조금 도움을 주었다고 해서 끝까지 신무당파의 편일 것이라 믿는 것은 운정 도사께서 너무 순진하시기 때문입니다.

언제고 자기한테 이득이 되지 않거나 흥미가 떨어지는 날이
오면, 누구보다도 차갑고 누구보다도 냉정하게 신무당파를 떠
날 겁니다."

운정은 얼굴에 미소를 띠우더니 말했다.

"좋습니다. 이제 제가 또 말해 보겠습니다."

데란도 비슷한 미소를 지었다.

"그러시죠."

운정이 말을 시작했다.

"건물을 유지하고 보수하는 건 계약상 이미 분명히 명제되
어 있는 내용입니다. 만약 테라 학파에서 이미 대금을 지불한
신무당파를 다른 학파에게까지 영향력을 끼쳐 핍박하려 한다
면, 신무당파의 사정을 모두가 알게 될 것이고, 이는 곧 테라
학파가 자신들의 계약을 이행하기는커녕 오히려 역으로 피해
를 끼친다는 말이 돌 겁니다. 앞서 염려하셨던, 테라 학파의
평판이 땅에 떨어지는 것은 정해진 수준입니다."

"……."

"또한 죽은 왕과 그 나라를 계승한 왕자를 비유하여 설명
하셨는데, 이는 전혀 맞는 비유가 아닙니다. 그나마 비슷한 비
유를 하자면, 그 나라의 왕뿐만 아니라 거의 모든 귀족들과
그 나라의 백성들이 모조리 떼죽음을 당해서 겨우 몇 명만
살아남게 되었고, 그중 왕과 가장 혈통이 가까운 이가 그 이

십여 명의 사람들을 데리고 다시 나라를 세우는데, 그 전 나라와 법도 다르고 질서도 다르며 이름조차 다른 나라를 세우는 겁니다. 게다가 그 왕자 홀로 통치하는 것이 아니라, 그 나라와는 아무런 상관도 없는 다른 나라의 왕자와 함께 말이지요. 완전히 폐허가 된 국토에서 모조리 떼죽음을 당한 백성들 중 살아남은 몇몇을 데리고, 아무런 상관도 없는 먼 타국의 왕자와 함께, 전과는 완전히 다른 법과 질서와 이름 아래에서 통치를 하는데, 어떻게 그 저번 나라의 책임이 전가된다는 것입니까? 여기에 엘프의 사고방식을 더한다면, 더 말할 것도 없습니다."

"……."

"그리고 마지막으로 스페라 백작님의 변덕에 대해서 설명하셨지요. 그 부분에 대해서는 저는 확신할 수 없습니다. 그녀를 만난 것은 마스터 데란께서 말씀하신 것처럼 겨우 한두 달 전의 일일 뿐이고, 그녀가 과거 어떠한 행보를 보였는지 저는 조금 전해 들어서 알 뿐입니다. 하지만 전 그녀가 신무당파의 손을 들어 주리라 믿습니다. 그녀는 제게 이로 말할 수 없는 은혜를 끼쳤고 또 저는 그것을 갚아야 하는 입장이니, 지금 이 자리에 그녀를 불러서 물어보고 그녀가 만약 당신을 선택한다면 저는 깨끗이 물러나도록 하겠습니다."

가만히 듣던 데란은 마지막 말에 눈을 크게 떴다.

그가 뭐라 말하려는데, 운정이 이미 품속에서 레드 마나스톤을 꺼내서 한쪽 부분을 꾹 눌렀다.

그러자 곧 은은한 붉은빛이 났는데, 이내 몇 초 지나지 않아 스페라가 그의 앞에 공간이동했다.

"아직 파인랜드에 있었네? 어? 뭐야? 데란이잖아?"

데란이 크게 당황한 표정을 지었다.

第九十三章

스페라는 그들의 입장을 모두 듣고는 한마디 했다.

"뭐야, 니들이 잘못한 거잖아?"

데란은 어이없다는 미소를 짓더니 말했다.

"진심으로 하시는 말씀이십니까, 스페라 백작?"

스페라는 눈을 게슴츠레 뜨며 말했다.

"그럼 내가 지금 농담하는 걸로 보여, 데란?"

데란은 그런 그녀의 말을 전혀 예상하지 못했는지, 한참 동안이나 할 말을 찾지 못했다.

그는 휘하 마법사들을 여러 번이나 둘러보더니 곧 다시 스페라를 바라보며 말했다.

"스페라 백작님, 저 숲은 엄밀히 말해서 그 누구의 땅도 아닙니다. 어느 왕국도 나라도 저 땅을 국토로 선포한 적이 없습니다. 그러니, 이 숲을 늪지대로 만들든 말든 델라이에서 저희 학파의 일을 훼방 놓을 수는 없는 겁니다."

"내가 지금 뭐 델라이의 입장을 대변하려고 온 줄 알아? 니들이 신무당파 제자들의 터전을 침범하려고 하니까 온 거잖아? 뭔 되도 않는 개소리를 하고 있어?"

"스, 스페라! 지, 진정으로 테라 학파와 반목하시렵니까?"

스페라는 지팡이를 잡았다. 그리고 그 끝을 데란 앞에 가까이 가져가며 말했다.

"너야말로 진심으로 나와 싸울 생각이야? 응? 이 델라이의 미치광이하고 한번 붙어 보겠냐고?"

"……"

"그리고 애초에 저만한 마나 웰(Mana Well)이라면 너네랑 반목하고 자시고 할 거 없이 내가 차지하고 싶을 정도인데? 솔직히 너도 그런 거잖아? 그냥 어쩌다 발견해서 침 흘리며 먹어보려는 거잖아? 그니까 이건 대의명분을 찾을 것도 없이 그냥 힘 싸움이야. 모르겠어?"

"……"

"그리고 힘 싸움은 언제든 환영이지. 말만 해. 여기 마법사들 다 쓸어 줄게. 건물이나 지으면서 한평생을 호의호식하며 사는 너희 테라 학파 마법사들이 전투에도 얼마나 쓸모 있는 놈들인지 내가 친히 확인해 줄 테니까."

데란은 몇 번이고 거칠게 숨을 쉬더니, 곧 몸을 휙 돌리면서 말했다.

"철수해라."

그러자 테라 학파 마법사들은 모두 웅성거렸다.

"마, 마스터?"

"저, 정말입니까?"

데란은 분노를 담은 목소리로 일갈했다.

"철수하라니까!"

평소에 화 한번 크게 내지 않는 그가 그렇게 호통을 치니 모두 부산하게 움직였다.

그들이 마법진을 회수하고 사라지는 데까지 걸린 시간은 십 분이 채 되지 않았다. 모든 것을 직접 진두지휘하며 철수시킨 데란은 마지막으로 스페라를 바라보며 말했다.

"이 결정을 반드시 후회할 겁니다."

스페라는 콧방귀를 뀌었다.

"나 지금까지 그 소리 많이 들었다. 그리고 그렇게 말한 연놈들 중 성공한 사람은 아무도 없어. 그러니까, 괜히 허세 부리지 말고 돌아가. 전투는 일절 모르는 네놈들이 감히 탐낼

만한 사이즈가 아니니까."

데란은 더욱 얼굴을 일그러뜨리다가 곧 지팡이를 들고 공간이동으로 사라졌다.

그가 사라지고 나자 지금껏 여유로웠던 스페라의 표정이 굳었다.

그녀가 고개를 돌려 운정을 바라보았다.

"데란은 생각보다 호락호락한 놈이 아니야. 괜한 적을 만들었어, 솔직히."

운정은 나지막하게 말했다.

"웬만하면 제가 해결을 보려고 했습니다만, 대화를 나누다 보니 쉬이 해결될 문제가 아니더군요. 시간이 촉박해서 어쩔 수 없었습니다."

"그래, 그것부터 설명해 봐. 중원으로 가려던 애가 갑자기 왜 테라 학파하고 싸우고 있었던 건데?"

운정은 우화와 시르퀸을 만났던 일부터 상세히 알려 주었다.

스페라는 한숨을 쉬며 말했다.

"그 애들이 위험한 일이라면……."

운정이 그 말을 끝내주었다.

"강경책으로 나갈 수밖에 없습니다. 마스터 데란의 마음에 깃든 탐심은 이미 말로 해결 볼 수 있는 정도를 지났으니까요."

스페라는 고개를 몇 번이고 끄덕였다.

"맞아. 나도 느꼈어. 데란은 당장 화나는 일이 있더라도 겉으로는 끝까지 웃음을 유지하는 놈이야. 그런 그가 내 앞에서 당당하게 후회하게 해 주겠다고 선언했다면, 이미 적대 관계가 된 거지. 사실 데란 입장에서도 나를 상대하려고 하는 건 꽤 껄끄러울 텐데 그렇게 나왔다는 건, 아마 저 마나를 절대로 포기하지 않겠다는 반증과 같아."

운정은 눈을 감았다.

"생명을 건드리지는 않겠지만, 만약 자신의 생명보다 탐심을 우선시한다면 피를 흘리게 될지도 모른다 경고했습니다. 하지만 그럼에도 그는 멈추지 않더군요. 아마 죽기 전까지는 테라를 포기할 생각이 없을 겁니다."

스페라는 피식 웃었다.

"협박을 하려면 제대로 해야지. 그렇게 유하게 말하면 잘 안 먹혀."

운정은 심호흡을 하며 말했다.

"사실 그들의 악행을 보면서도 신무당파의 최고선인 공존이 가능한 것인가 하는 고민이 있었습니다. 현 상황에서 엘프 일족과 테라 학파 간의 공존을 이끌어 낼 수 있을까 하는 것 말입니다."

스페라는 어이없다는 듯 말했다.

"진심이야? 쟤들은 지들 것도 아닌 걸 탐내고 있었어. 그걸 그냥 가져가게 둔다고? 그게 신무당파에서 말하는 공존이라는 거야? 그런 거면 나는 절대 동의 못 해. 가만히 앉아서 당하는 게 공존이라는 건 말이 안 된다고."

운정은 고개를 끄덕였다.

"때문에 전 이번 사건을 통해서 공존의 한계를 규명 짓고자 합니다."

"공존의 한계라고?"

운정은 눈을 떴다.

그 눈빛은 놀랍도록 차가웠다.

"렉크 백작을 보면서 느끼는 것이 있었습니다. 그는 그가 사랑하는 군도 사람들의 생명이 희생되지 않는 선에서 모든 것을 포기하는 듯했습니다만, 실상 그는 한 가지 끝까지 포기하지 않는 것이 있었습니다. 그것은 바로 자신의 딸인 애들레이드 왕비였습니다. 전쟁을 막는 건 사실 그 딸을 시집보내는 것으로도 가능했었기 때문이지요. 무조건적으로 양보만 하는 것이 다가 아니라는 겁니다."

그 이야기를 듣던 스페라는 나지막하게 동의했다.

"흐음, 그렇지."

"그러니, 선이란 악에 대해서 어느 지점까지는 유보하되, 그걸 넘어서는 악에 대해서는 심판이 있어야 합니다. 그렇지 못한다면 선한 것이 아니라 약한 것이고, 그렇게 하지 않는다면 선한 것이 아니라 똑같이 악한 것입니다."

"흐음, 그냥 처음부터 심판하면 안 되는 건가?"

"모든 사람에겐 악에서 돌이킬 수 있는 기회가 주어져야 합니다. 왜냐하면 사람은 언제나 실수할 수 있고, 그 실수가 그 사람을 악인이라 확증할 수는 없기 때문입니다."

"그럼 어떤 악행이 그 사람을 악인이라 확증할 수 있는데?"

"그것을 이번 사태를 통해 알고 싶습니다. 테라 학파와의 갈등으로 말입니다."

스페라는 조금 떨리는 시선으로 운정을 보았다.

그녀가 조용히 물었다.

"그렇게 경고하지 그랬어?"

운정이 눈을 동그랗게 떴다.

"예?"

스페라가 말했다.

"방금처럼 경고하라고. 방금 진짜 무서웠으니까."

운정은 고개를 갸웃했다.

"그렇습니까?"

"응, 마치 쥐새끼를 내려다보면서 이걸 죽일까 말까 고민하는 고양이 같았어. 물론 고양이는 자기 흥미로 그러는 것이고 넌 어떤 다른 기준으로 그러는 것 같았지만."

"……."

운정이 아무 말도 못 하자, 스페리가 그의 이깨를 실짝 쳤다.

"너무 신경 쓰지 마. 네가 나한테 그랬지? 네가 독선으로 치닫는 것이 보이면 막아 달라고? 방금 그렇게 보이진 않았으니까. 일단 네가 네 스스로의 생각을 확립하는 게 중요한 것 같아."

운정은 희미한 미소를 짓고는 고개를 끄덕이며 말했다.

"일단 지금까지의 생각을 정리하자면, 현재 테라 학파는 자신의 이익을 위해서 시르퀸과 우화가 물려받아야 할 마땅한 유산을 탐내고 있습니다. 그것을 그냥 내주는 것을 공존이라 할 수는 없습니다. 하지만 그들을 계속해서 욕심을 낸다면? 그것을 언제부터 저지하느냐, 그것이 앞으로 신무당파가 그 무력을 사용하는 기준이 될 것입니다."

스페라는 어깨를 들썩였다.

"나는 지금까지 그냥 아니다 싶으면 모두 태워 버렸지. 내가 기준이기 때문에 객관적이지 않았어. 그래서 나는 한 학파의 마스터가 될 순 없었던 거야. 그런 고민들의 답을 내릴 자신이 없어서 말이지."

운정은 그녀를 향해서 포권을 취했다.

"하지만 그렇기 때문에 스페라 스승님의 도움이 더욱 필요합니다. 스페라 스승님께서는 다양한 경험이 있기 때문에 장단점 또한 많이 알고 있습니다. 그러니 공존이 불가할 때를 위한 규율을 짤 때 많은 도움을 주시길 바랍니다."

스페라는 얼떨떨한 표정을 지었다.

"그러니까, 참 나, 내가 사람 많이 죽여 보고 뭐 그랬으니까, 살인을 허락하는 규칙을 세우는 것에 대해서 잘 도와줄 수 있다 이거야?"

운정은 포권을 내렸다.

"요지는 그렇습니다."

스페라는 자기 머리를 긁적이더니 말했다.

"그래, 그래. 그렇게라도 도움이 되니 좋네. 뭐 어차피 내 과거를 지울 수도 없는 노릇이고."

"하하하."

운정이 웃자 스페라는 볼을 부풀렸다.

그러면서도 한편으로는 편한 기분이 들었다.

그 웃음 속에는 그녀를 판단하는 눈길이 없었기 때문이다.

스페라가 물었다.

"아마 당장 수를 쓰진 않을 거야. 데란은 큰 그림 그려 가며 일 꾸미는 걸 좋아하거든. 혹시라도 여기서 뭔 수작질 하는 것 같으면 내가 직접 막아 줄게. 그러니 걱정 말고 중원에 다녀와. 아참, 그냥 내가 데려다 줄까? 카이랄에."

운정은 포근한 미소를 짓더니 말했다.

"아닙니다. 일단 엘프 일족에게 들러서 안심해도 된다는 말을 전하려고 합니다. 그리고 이제 저도 공간이동을 할 수 있지 않습니까?"

운정은 스페라에게 좌표를 전달했던 레드 마나스톤을 꺼내 보였다.

스페라는 그것을 보며 말했다.

"아, 그랬지? 맞아. 그리고 보니 어땠어? 첫 공간이동은? 좀 어지럽거나 그러지 않았어? 입고 있는 드래곤본까지 같이 이동시키느라 엄청 힘들었을 것 같은데?"

운정은 고개를 저었다.

"괜찮았습니다. 드래곤본은 마나와 포커스를 좀 더 사용하게 할 뿐이니까요. 제게 문제가 된 수식에는 영향을 주지 않았습니다."

"하기야 넌 오성이 남다르니까. 아무튼 일단 난 델라이로 돌아가 볼게. 돌아가는 게 심상치 않아서 내가 한시라도 자리를 비우면 머혼이 길길이 날뛸 거야."

운정은 포권을 취했다.

"그럼 내일이나 모레 뵙겠습니다."

스페라는 눈을 찡긋하더니 지팡이를 들어 공간이동으로 사라졌다.

운정은 몸을 돌렸다.

그러지 광활한 늪지대가 다시금 눈에 들어왔다.

"이 수많은 생명을 조금도 가치 있게 생각하지 않았어. 그들은 이를 악행이라 생각지도 않는다. 이것만으로도 충분히 심판해야 할 선을 넘어 버렸다 할 수 있지 않을까? 흐음, 일단은 더 생각해 봐야 확실히 알 수 있을 듯해."

그는 안타까운 마음을 접고는 곧 제운종을 펼쳐서 바르쿠으르로 향했다.

한참을 달린 그는 곧 아까 전 그를 안내했던 와쳐를 발견하고는 그녀에게 다가갔다.

운정이 앞에 서자, 그 와쳐가 말했다.

"숲을 붕괴하는 마법이 사라졌더군."

운정은 고개를 끄덕였다.

"지금은 그들이 철수하였지만, 언제고 다시금 숲을 무너뜨리려고 할지 모릅니다."

"아직 완전히 해결된 건 아닌가?"

운정은 고개를 끄덕였다.

"당장은 스페라 백작이 막아 줄 겁니다. 일단 그들의 목적이 무엇인지 시르퀸에게 전해 주십시오."

"오? 무엇이지?"

"바르쿠으르의 어머니가 이 땅 안에 남겨 둔 테라. 그 테라를 그들이 아는 듯 보였습니다. 그것에 욕심이 난 듯싶습니다."

와쳐는 고개를 끄덕였다.

"인간의 목적은 워낙 다양해서 쉽게 알기 어려운데, 적의 목적을 알게 된 것은 큰 수확이다."

운정은 포권을 취하며 말했다.

"그럼 저는 제 일을 하러 가 보겠습니다. 앞으로도 카이랄을 통해서 연락을 하자고, 시르퀸에게 그렇게 전해 주십시오."

"알겠다. 말을 전하지."

그 와쳐는 이내 몸을 돌려 숲의 축복을 받아 사라졌다.

운정은 그 자리에서 우두커니 서서 오랜 시간 동안 공간이동 주문을 영창했고, 곧 그는 카이랄로 공간이동할 수 있었다.

그리고 그는 카이랄을 통해서 중원으로 나갔다.

*　　　　*　　　　*

막 해가 지는 노을.

운정은 카이랄의 입구에서 나가는 그 순간 동굴 밖에서 한 기척을 느꼈다. 한 가지 특이한 점은 그것이 무림인의 감각이 아니라 마법사의 감각으로 느꼈다는 것이다.

무림인들을 기를 느끼게 해 주는 감각을 기감(氣感)이라고 한다. 하지만 이는 마법사들이 마나를 느끼는 것과는 조금 다른데, 그 증거로 마법사들은 마나를 느낀다고도 하지 않고 본다고 한다. 마나는 엄밀히 말해서 기보다는 어떠한 의지가 섞인 기류에 가까웠으니 말이다.

이 둘의 차이는 미묘해서, 때때로 스페라가 느끼는 것을 운정이 느끼지 못했고, 운정이 느끼는 것을 스페라가 느끼지 못했었다. 하지만 이제 공간 마법을 배우고 그 두 감각을 모두 알게 된 운정은 저 멀리 있는, 그러니까 무림인에겐 느껴지지 않지만 마법사에겐 보이는 것을 볼 수 있었다.

운정이 한쪽에 있는 공간의 뒤틀림을 바라보며 말했다.

"은닉 마법이로군요."

무림인의 감각으론 그곳에 있는 공간의 뒤틀림을 간파할 수 없다. 왜냐하면 그 감각 또한 뒤틀린 공간을 따라가기 때문이다. 비틀린 공간 안에서는 자기가 똑바로 있다고 믿는 것과 같다.

하지만 마법사는 공간 자체에 대한 감각이 생긴다. 특히 공간 마법을 배우고 난 마법사는 그 이질감에 대해서 잘 알 수밖에 없다.

운정이 영령혈검을 양손에 들어 그곳을 향했다.

당장에라도 공격할 의사를 취하자, 그 공간의 비틀림이 서서히 제자리를 잡았다.

그 안에선 한 마법사가 튀어나와 공용어로 말했다.

"고, 공격하지 마, 마세요."

그 마법사는 떨리는 양손으로 지팡이를 부여잡고 있었는데, 수시로 떨리는 눈길을 보아하니 상당히 두려워하는 듯했다.

운정이 말했다.

"네크로멘시 학파로군요."

그 마법사는 고민하다가 곧 몇 차례 고개를 끄덕이더니 말했다.

"이, 이 동굴을 가, 감시하라는 명령을 받아서 지, 지키고 있었던 것뿐입니다. 전 으, 은닉 마법에만 좀 재주가 있을 뿐이니, 고, 공격하지 말아 주십시오."

운정은 조용히 영령혈검을 내렸다.

그러자 그 마법사는 안도하며 지팡이를 내렸다.

운정이 말했다.

"왜 이곳을 감시하는 것입니까?"

그 마법사는 뜸을 들이다가 대답했다.

"고바넨 마스터의 명령입니다. 당신이 오가는 걸 확인하라고 했지요."

운정은 나지막하게 말했다.

"흐음, 그렇군요. 미안하지만 제 행적이 적에게 밝혀지는 것은 원치 않습니다. 그러니 더는 감시하지 마시고 돌아가십시오. 만약 그렇게 하지 않으신다면, 우선은 당신의 지팡이를 부러뜨릴 것이며, 이후에도 계속된다면……."

그 마법사는 새하얗게 변한 표정으로 양손을 앞으로 뻗으며 운정의 말을 잘랐다. 지팡이는 공중에서 사라져 버렸다.

"알겠습니다. 알겠어요. 돌아갈게요."

"좋습니다."

운정은 포권을 취하곤 자리를 뜨려는데, 그 마법사가 물었다.

"호, 혹시 제 은닉 마법을 어떻게 간파하신 겁니까? 이, 이건 웬만한 마법사들도 쉬이 볼 수 없는 건데. 상급 은닉 마법이란 말입니다."

운정은 느껴진 대로 말했다.

"아무리 공간을 가공했다고 해도, 무한히 부드러운 공간을 완벽히 재현할 수는 없습니다. 어떤 위화감이 들어 공간을 자세히 바라보니, 그 안에 무수히 많은 각들을 볼 수 있었습니다. 때문에 가공되어졌다는 것을 알 수 있었지요."

"그 각들은 너무나 세밀해서, 작정하고 마법을 펼치지 않는 한 알 수 없었을 텐데요. 당신은 탐색 마법이나 개시 마법도 시전하지 않으셨잖습니까?"

운정은 고개를 갸웃하더니 대답했다.

"흐음, 그 부분은 아마 무림인의 감각의 도움을 받은 것이 아닌가 합니다."

"……."

"저도 잘 모르겠군요. 그저 마법사의 감각으로 보이는 것에, 무림인의 감각으로 면밀히 살피니 위화감이 느껴진 것인가 싶습니다."

"그, 그런……."

운정은 싱긋 웃어 보이며 말했다.

"그럼 다시 왔을 땐, 마주치지 않았으면 합니다."

운정은 그길로 제운종을 펼쳐서 천마신교로 향했다.

마법사는 그의 뒷모습을 멍하니 바라보다가 곧 공간이동 마법을 시전했다.

운정은 천마신교에 도착하자마자 먼저 혈적현을 알현하고자 했다.

하지만 교주전에선 당장은 불가하니 나중에 시간을 따로 알려 주겠다며 그를 물렸고, 때문에 그는 자신의 처소인 낙선향에 갈 수밖에 없었다.

그가 낙선향의 안으로 들어서자, 그 안에서 그를 기다리는 인물이 있었다.

나지오였다.

운정이 돌아왔다는 걸 들은 모양이다.

그는 운정을 보더니 툭 하니 말했다.

"이계는 잘 다녀왔나? 보름이나 걸릴 줄은 몰랐어."

반가움이 가득 담긴 것 같으면서도 묘한 냉정함이 진하게 가라앉아 있었다.

운정이 포권을 취했다.

"부교주님을 뵙습니다."

나지오는 싱긋 웃고는 그에게 말했다.

"시간 되면 잠깐 대화나 나눌까? 내 질녀 얘기도 포함해서."

운정은 고개를 끄덕였다.

그들은 방에 들어가 앉았다. 하녀들은 눈치껏 술과 안주를 내왔는데, 그 둘 모두 술과 음식에는 손을 대지 않았다.

나지오는 계속해서 생각을 정리하는 듯했다. 그러다가 결국 포기했는지, 머리를 긁적이며 말했다.

"일단 내 사정부터 말할게. 그게 편할 거 같아서."

"네, 그러시지요."

나지오는 그제야 술병 하나를 따서 목을 축인 후에 말을 시작했다.

"뭐, 구구절절 사정을 다 이야기하자면 한도 끝도 없지만, 굵직한 것부터 이야기하자면 내가 지금 매우 애매한 위치에 놓여 있다는 거야. 화산파가 어쩌다 그 지경이 됐는지는 린 아한테 어느 정도 들어서 알고 있는데, 화산 애들이 내 말을 잘 안 믿어서 말이야. 그나마 손소교가 네가 말한 걸 검증해 보자는 식으로 다들 화산으로 돌아간 상태거든? 아직까진 소식은 없지만, 곧 오해가 어느 정도 풀릴 거란 말이지. 하지만 그렇다고 해서 마냥 모든 것이 옛날로 돌아갈 순 없잖아?"

"그렇습니다."

"가장 중요한 건 일이 그렇게 흘러갔을 때 내가 없었다는 거야. 그게 애들 입장에서 좀 원망스러웠나 봐. 사문이 박살 나면서 분노와 울분이 속에 쌓였는데 그걸 분출할 적이 애매 모호하니 뭐, 린아 하고 너, 그리고 나한테 많이 쏟아 냈던 모 양이더라고? 흐음, 그럴 수 있다고는 생각해, 나도."

묘한 느낌.

운정이 나지오를 물끄러미 바라보며 말했다.

"태룡향검께서는 화산파에 정이 없으시군요."

나지오는 눈을 동그랗게 뜨더니 말했다.

"응? 아? 뭐, 크게는 없지. 애초에 거기서도 나는 이단아였 고, 개인적인 연이 있는 사람도 없거든. 솔직히 화산도 나를 막 엄청 대접해 주고 그러지는 않아. 나는 한때 마도를 걸었 던 사람이니까."

"……"

"그냥 뭐랄까? 죄스러운 마음? 책임감? 그런 거지, 뭐."

운정은 술잔을 양손으로 잡고 내밀었다.

"어떤 느낌인지 알 것 같습니다. 저도 비슷한 느낌이거든요. 술 한 잔 받고 싶습니다만."

나지오는 씩 웃으며 술을 따라 주었다.

둘은 잔을 들더니, 곧 같이 술을 마셨다.

나지오가 말했다.

"술맛 좋네. 아무튼, 그래서 그냥 너랑 이야기를 하고 싶었어. 모두의 입장을 들었는데, 네 이야기만 아직 안 들었거든. 화산에서 있었던 일 말이야. 시간이 없기도 했고. 그리고 그 소청아? 그래, 그 애 이야기도 듣고 싶고."

마지막 말에 운정은 가슴이 찌릿한 느낌을 받았다.

그의 치부이자 부끄러움인 그 이름은 떠올리는 것만으로도 마음이 어두워지는 느낌이었다.

운정은 간간이 술을 마시면서, 자신의 이야기를 처음부터 끝까지 털어놓기 시작했다. 나지오는 운정을 판단하지 않았고, 그랬기에 운정은 지금껏 남에게 한 적이 없었던 가족 이야기까지 모두 속 시원하게 털어놓을 수 있었다.

해가 저물고, 다시 아침 해가 뜨고서야 운정의 이야기가 끝이 났다.

그 모든 이야기를 들은 나지오가 말했다.

"힘들었겠네. 그 나이에 감당할 일이 아니야."

"……"

그 말이 어찌나 마음속에 울리는지, 마음을 추스르는 것조차 어려웠다.

나지오가 말했다.

"이야기해 줘서 고마워. 덕분에 모든 상황이 이해가 가는 것 같아."

운정이 웃으며 말했다.

"제 이야기가 도움이 되었다니 다행입니다."

나지오는 술을 더 따르면서 말했다.

"그러는 김에 조금 더 주는 건 어때? 도움 말이야."

"어떤 도움 말입니까?"

"상황을 호전시킬 수가 있어. 그걸 내가 한번 말해 볼 테니까, 네가 들었을 땐 통할지 어떨지 그걸 좀 알려 줬으면 좋겠어."

"예, 좋습니다."

나지오는 턱을 만지작거리다가 말했다.

"일단 네 말대로 한근농의 시신이 목인(木人)인 것을 애들이 확인했다 하자. 그러면 그건 이석권 장로가 나쁜 놈이란 증거가 되고, 그러면 그와 홀로 맞서 싸운 린아의 혐의도 벗겨지겠지?"

"맞습니다."

"하지만 넌 한 가지 돌이킬 수 없는 실수를 했지."

운정은 고개를 끄덕였다.

"그들이 보는 앞에서 소청아를 죽였지요."

운정은 그렇게 말한 후, 나지오의 두 눈을 똑바로 바라보았다.

나지오는 마치 아무것도 느끼지 않는 듯, 감정 없이 말했다.

"아무리 마성에 젖은 행동이라도 말이야, 매화검수들이 그걸 용서할 수는 없었겠지. 그리고 그런 점에서는 린아도 자유로울 수 없는 게, 그녀에게 붙어먹은 그 마족이 매화검수 몇몇을 죽였잖아? 린아를 지키겠다는 명목으로? 그걸 직접 눈을 본 사람들은 린아나 너나 똑같다고 생각할 거란 거지."

운정은 고개를 저었다.

"아닙니다. 당시 그녀는 그 마족을 제대로 통제할 수 없었습니다. 또한 그 마족은 애초에 욘에 의해서 탄생하게 된 존재로서, 무당산의 정기와 화산의 정기 일부를 먹고 태어난 존재입니다. 그러니 엄밀히 말해서 그 마족이 매화검수들을 죽인 것이 정 소저의 책임이라 할 수는 없지요."

"뭐가 옳고 그른지는 중요한 게 아니지, 지금은 이걸 매화검수 애들이 받아들이느냐 아니냐가 중요한 거잖아? 그로 인해서 린아가 화산으로 돌아갈 수 있느냐 없느냐가 판가름 나는 거니까."

"……."

"매화검수들은 격분하고 있어. 문제는 그 대상이 잘못되었다는 거지. 작게는 린아와 너로 시작해서 지금은 천마신교와 흑도 전체로 확장되었단 말이야. 나조차도 의심하고 배척하고 있는데 더 말해서 뭐 하겠어. 그러니 그걸 바로잡아 줘야 해. 그럼으로써 자연스럽게 린아가 그 안에 들어갈 수 있어야 한다는 거지."

운정은 나지오가 하고자 하는 말이 무엇인지 알 수 있었다.

"중원에 남아 있는 네크로멘시 학파. 그들이 진정한 적임을 화산파 제자들에게 일깨워 줘야 한다는 것이로군요."

나지오는 박수를 쳤다.

"정확해. 그리고 그 과정에서 천마신교와 함께 싸우는 것이 중요하지. 린아도 물론이고. 그러면 다시금 자연스럽게 둘이 하나가 될 수 있겠지."

운정은 한숨을 쉬더니 말했다.

"제게 필요하신 바를 말씀해 주십시오, 나지오 사령님."

나지오는 쓸쓸한 미소를 짓더니 운정의 빈 술잔에 술을 따랐다.

"네크로멘시 학파 애들이 곤륜파를 통째로 집어삼켰다지? 걔들은 거기 무림인들을 자기 부하처럼 부리고, 또 곤륜산의 그 맑디맑은 정기를 마구 사용할 거란 말이야? 그런 애들과 쌈질을 하려면 무공만으로는 절대 안 되지. 무조건 마법적인 도움이 필요해. 아니, 애초에 그들이 먼저 무림을 장악하려 들 수 있어. 그러니까, 파인란두에서 마법적인 지원을 받을 수 있으면 좋겠다는 생각이 들어서 말이야."

"……."

"네가 린아에게 마음이 없는 건 알고 있어. 하지만 내가 하는 부탁은 단순히 그녀를 위해서 해 달라는 것이 아니야. 만약 그 마법사들이 전 중원을 집어삼키려고 든다면, 그때는 같이 싸워 달라는 뜻이지."

"……."

"무림맹이 해산되고 나서, 현재 천마신교의 입지는 하늘을 찌를 기세야. 하지만 엄연히 북으로 청룡궁이 있고 또 남으로는 혈교가 있어. 무림맹을 이겼다고 엉덩이가 들썩거리는지, 특히 진마교 애들이 이젠 독립한 혈교를 다시 하나로 부속시켜야 한다며 그들에게 선전 포고를 하자고 해. 승리 뒤에 더욱더 큰 싸움을 갈망하는 전형적인 마인인 거지."

"……."

"전쟁이 시작될 거야. 그 난세는 중원뿐 아니라 파인란두까지 영향을 미칠 거다. 그러니 네 역할이 무엇보다도 중요해. 신무당파를 개파하는 것도 좋지만, 나는 네가 그걸 알아 뒀으면 한다."

그의 말은 그 의미의 무게만큼이나 무거웠고 또 진중했다.

운정이 말했다.

"정리하자면, 파인랜드에서 지원을 받고 흑과 백이 연합하여 곤륜산에 숨어든 네크로멘시 학파를 상대하자는 말입니까?"

나지오는 고개를 끄덕였다.

"내가 그린 그림은 그래."

"그리고 그렇게 하고자 하는 이유는 정채린 소저를 화산파에 다시 들이기 위함이고요."

"응."

질녀 하나를 위해서 세상을 뒤집겠다는 나지오.

그는 태연히 자신의 술잔에 술을 따를 뿐이었다.

운정은 자연스레 렉크가 떠올랐지만, 확실하지 않은 잡생각은 모두 제쳐 두고 신무당파의 기준을 생각했다.

그가 말했다.

"신무당파의 최고선은 공존입니다. 나지오 부교주님께서 질녀를 사랑하시는 것은 알지만, 그것 하나만을 위해서 전쟁을 일으켜 수많은 사람이 피를 흘리게 할 순 없습니다."

나지오는 방긋 웃더니 술잔을 들어 보이며 말했다.

"건배."

"……."

운정은 예의상 자신의 술잔을 들었다.

나지오는 술을 마셨지만, 운정은 그대로 내려놓았다.

나지오는 그것을 보곤 살짝 웃어 보였다.

그가 말했다.

"내가 아니어도 어차피 전쟁은 일어나. 설마 내가 억지로 전쟁을 일으키겠어? 이래 봬도 난 흑백연합의 사령이야. 아니, 이었지. 아무튼 중원에서 나만큼 방금 네가 말한 그 공존이라는 가치를 위해서 힘쓴 사람은 단언컨대 없다고 봐. 이건 너도 인정할 수밖에 없지. 안 그래?"

운정은 고개를 끄덕였다.

"무림맹 앞에서 보여 주셨던 그 신위는 절대 잊지 못할 겁니다."

나지오는 다시 술을 따르면서 말했다.

"힘의 균형은 이미 깨졌어. 사실 4년 전 소림사가 무너졌을 때부터 시작된 것이지. 백도무림을 대표하는 구파일방 중 삼강(三强)인 소림, 무당, 화산이 차례대로 무너졌고 또 다른 축인 오대세가 중 태원이가, 사천당문, 남궁세가, 제갈세가도 완전히 무너지든 천마신교에 부속하든 둘 중 하나가 되었지. 그나마 남은 하북팽가도 청룡궁에 부속되었어. 하지만 이에 비해 천마신교가 입은 피해는 비교적 적지. 현 상태라면 얼마든지 전 중원을 삼켜도 좋을 정도야."

운정이 물었다.

"이런 상황이 되기까지, 심검마선의 공이 크다 들었습니다. 때문에 마인들이 모두 그를 존경한다고 말입니다. 하지만 나지오 부교주께서도 그를 도운 것 아닙니까?"

나지오는 고개를 끄덕였다.

"맞아, 사실 그땐 나도 백도에 환멸을 느끼고 있던 상태라 완전히 천마신교의 마인이었지. 그래서 심검마선을 도와서 백도를 무너뜨리는 데 앞장섰었어."

"그런데 지금처럼 변하게 된 계기가 있습니까?"

그는 조금은 서글픈, 하지만 따뜻한 웃음을 얼굴에 띠었다.

"사랑이지."

"사랑이요?"

"난 부모에게도 사랑을 받지 못했어. 스승에게도 사랑을 받지 못했지. 하지만 태어나서 처음으로 사랑이란 걸 느낀 적이 있어. 전대 화산파 장문인이었던 향검 정충이라는 분 덕분이지."

"……."

"그는 충분히 나를 죽일 수 있었어. 하지만 나를 죽이지 않으시고 자신의 목숨을 바쳐 가며 내 안의 마를 제거해 주셨었지. 당시 내 마는 너무나 깊어서 초마의 영역 끝자락에 도달했을 정도였는데… 난 그로 인해 다시 태어났어."

"……."

"그분께서 원하시던 것이 바로 네가 말한 그 공존과 비슷해. 그분은 화산의 미래만 맡기지 않으셨어. 백도 전체를 맡기셨지. 속에서부터 썩어 무너진 백도를 내게 맡기신 거야."

"……."

"지금의 경지에 오르고, 나를 움직이는 건 두 가지밖에 없어. 내 질녀인 정채린과, 향검 정충의 유언. 화산도 그 때문에 돌봐 주는 거고."

운정은 그가 무슨 말을 하고자 하는지 알 것 같았다.

"그럼 흑백연합을 도모하여 네크로멘시 학파와 전쟁을 하려는 이유는 단순히 질녀 때문만은 아니군요."

나지오는 머리를 긁적였다.

"글쎄. 그게 일단 맞기는 한데. 모르겠다. 나도 잘."

"……."

"하지만 분명한 건, 이대로 있으면 천마신교는 전 중원을 상대로 본격적인 전쟁에 돌입할 거야. 지금이야 혈교, 혈교 거리지만, 혈교가 끝나면 청룡궁이 될 거고, 청룡궁이 끝나면 다른 모든 곳이 될 거고, 그렇게 다른 모든 것을 차지하고 나면 그 이후에는……."

운정이 대신 말을 끝내주었다.

"파인랜드가 되겠지요."

나지오는 손가락 하나를 뻗더니 말했다.

"건배하자. 이젠 해 줄 수 있겠지?"

운정은 술잔을 들었고, 나지오도 똑같이 했다.

그들은 동시에 술을 마셨다.

운정이 말했다.

"아마, 네크로멘시 학파 또한 계속해서 힘을 쫓을 겁니다. 무림인을 시체로 만들어 부릴 수 있는 능력을 얻었고, 또 무한에 가까운 곤륜산의 정기까지 있으니 아마 그들의 힘은 상상할 수 없는 수준까지 강해질 수 있습니다. 혹 별다른 조짐을 보였습니까?"

나지오는 고개를 저었다.

"아주 조용해. 그렇다 보니, 다들 그 마법사 학파의 심각성을 잘 몰라. 마법을 직접 경험해 보지 못해서 그 힘이 얼마나 되는지 모른다고."

운정이 말했다.

"교주님은 어떻게 생각하십니까? 이 일에 대해서 아십니까?"

나지오는 고개를 저었다.

"얘기해 본 적은 없어. 교주는 일단 진마교 애들을 달래는 데 온 힘을 다하고 있으니, 우리가 말한 것까지 생각할 여유는 없을 거야. 지금은 그냥 혈교를 다시 안으로 부속시키는 데 집중하고 있지. 그들의 힘은 분명 강하지만, 사실 실제 구성원은 몇 안 되고 대부분 하위 문파들로 구성되어 있으니까."

"청룡궁과 비슷하군요."

나지오는 어깨를 한번 들썩였다.

"뭐, 따지고 보면 천마신교와도 비슷하지."

운정은 잠시 생각하더니 말했다.

"모두를 연합하는 과정에선 제가 얼마나 도움을 드릴 수 있을지 모르겠습니다."

나지오는 고개를 저었다.

"아니야. 그건 내가 해야 하는 일이고. 이걸 다 설명한 건 널 설득하기 위함이지, 네게 짐을 지우기 위함은 아니야. 너는 그 싸움을 대비해서 파인란두의 지원을 받아 와 주면 돼. 결국 마지막에는 마법사들을 상대해야 하니까."

운정은 고개를 끄덕였다.

"알겠습니다. 때가 되면, 말씀해 주십시오."

나지오는 방긋 웃더니 자리에서 일어났다.

*   *   *

나지오가 떠나고 대략 반 시진 정도가 흐른 뒤에, 교주전에서 연락이 왔다.

운정은 몸을 씻고, 교주전으로 향했다.

시녀는 그를 혈적현의 집무실로 안내했는데, 상석에 앉아 있던 그는 운정을 발견하고는 앉으라는 손짓으로 인사를 대신했다. 무척이나 수척해 보이는 그는 매우 피곤해 보였다.

운정이 포권을 취했다.

"교주님을 뵙습니다."

혈적현은 고개를 한 번 끄덕인 뒤 말했다.

"이계의 일은 어떻지? 잘되어 가고 있나?"

운정은 포권을 내리며 말했다.

"신무당파를 세웠고, 건물도 세웠습니다. 이젠 천마신교에서 고수들을 파견해도 델라이의 시선을 벗어난 곳에 머무를 자리가 생긴 것이지요."

"잘 진행되어서 좋군. 다시 돌아오는 데 보름이나 걸릴 줄은 몰랐지만."

운정이 되물었다.

"혹 무슨 일이 있습니까?"

혈적현은 생각하기도 싫은지 얼굴을 찌푸리며 손으로 눈을 가렸다.

"화산파 고수들이 자기 사문으로 돌아가는 바람에 무림맹은 완전히 와해됐고 그 때문에 다른 백도 고수들도 다들 자기

사문으로 돌아가게 되었다. 그러다 보니 백도 고수들을 한 번에 통제할 수단이 사라졌지. 모두들 자기 사문만 지키면 그만이라고 생각해. 그걸 알았는지, 조금은 잠잠할 줄 알았던 청룡궁이 서서히 본교를 다시 압박하고 있다."

"……"

"하지만 본교 내부에선 무림맹이 와해되었다는 소식만 퍼져 있지. 때문에 들뜬 마인들이 이젠 혈교를 부속시켜야 한다고 하고, 또 이후에는 중원 전체까지 정복해야 한다고 소리를 높이고 있다. 이것을 통제하는 것이 쉽지만은 않은 일이지."

운정이 나지막하게 말했다.

"이곳에 오기 전에 잠시 부교주님을 뵈었는데, 앞으로 계속해서 전쟁이 일어날 것처럼 말씀하시더군요."

혈적현은 눈을 짚은 그대로 고개를 끄덕였다.

"아마 그럴 것이다. 백도를 상대로 승리했다 생각하는 마인들은 더 크나큰 승리를 갈망하고 있으니까."

"……"

운정이 말이 없자 혈적현은 손을 내리고 눈을 떠 그를 보았다.

"혹 무슨 문제라도 있나?"

이에 운정이 대답했다.

"사실 델라이에서 지원 요청이 있었습니다."

"지원 요청?"

"예, 천마신교의 마인들을 통해 해결을 하고자 하는 일이 생겨서 말입니다. 현재 델라이는 정치적으로 매우 난처한 상황 가운데 있습니다."

혈적현은 그 말을 듣고는 몸을 앞으로 하며 손을 모았다.

"흐음, 델라이와의 관계는 필히 유지해야 하는 것이지. 마법은 둘째 치고서라도, 혈마석을 위해선 마나스톤이 꼭 필요하니까. 천마신교에 쌓여 있는 마인들의 혈기를 그쪽 방향으로 푸는 것도 나쁘지는 않을 듯한데… 지원을 얼마나 바라지?"

운정이 대답했다.

"최소한 전과 비슷한 수준의 지원을 바라고 있습니다. 사무조 장로와 함께 갔던 호법원들 수준으로."

혈적현은 그 말을 듣곤 얼굴을 조금 찌푸렸다.

"아, 하기야. 차원이동 때문에 소규모를 보낼 수밖에 없군. 그렇다면 그걸로 혈기를 잠재울 수는 없겠어. 아쉽게 되었군. 지원은… 흐음, 글쎄. 어떻게 보내는 것이 좋을까? 그리고 그것을 대가로 무엇을 받는 것이 좋을까? 당장 천마신교도 꽤나 어려운 상황이긴 한데 말이야."

운정은 마지막 말에서 다른 의미를 느꼈다.

그는 그 느낌을 확인하고자 물었다.

"혈교와 전쟁을 하실 생각이십니까?"

혈적현은 몸을 뒤로 했다.

"절대 그럴 수는 없지. 혈교의 독립은 월려가 직접 약속한 일이야. 게다가 본교 내에는 여전히 천살성인 마인들이 많이 있다. 그들도 교인인 만큼 그들의 입장도 헤아려야 한다."

운정은 방 안의 마기가 살짝 흔들리는 것을 느꼈다.

그를 지키고 있는 호법원의 마음이 그의 말에 의해서 움직인 것이다.

운정이 말했다.

"그럼 어떤 방식으로 해결하시려고 하십니까?"

"혈교 또한 새로운 천살성을 만들어야 하는 문제를 가지고 있다. 전에 말했던 것처럼, 더 이상 자연적인 천살성은 발생하지 않아. 그러니 혈마석의 기술을 이용하여 범인을 인위적으로 천살성으로 만들어 낼 수만 있다면, 그 기술을 이용해서 혈교를 자발적으로 부속시킬 수 있다."

"……"

"그래서 아까 마인들의 혈기를 잠시 돌릴 수 있다면 좋겠다고 한 것이다. 연구와 협상을 할 시간을 벌어야 하니까."

그때 운정은 한 가지 의문이 들었다.

"그런데 왜 갑자기 혈교입니까?"

"응?"

"왜 갑자기 마인들이 혈교를 천마신교 아래 부속시켜야 한다고 하는 것입니까? 제 생각으로는 무림맹이 무너졌다는 소식을 듣게 되면 그다음으로 생각나는 건 청룡궁일 것 같은데 말입니다."

혈적현이 설명했다.

"그것은 정통마인들을 대표하는 진마교의 인물들이 대부분 천마오가의 사람들이기 때문이다. 그들의 영역은 모두 남쪽에 위치해 있고, 그곳에서는 당장 청룡궁의 압박보다는 혈교의 압박이 심하니까."

운정은 눈초리를 모으며 말했다.

"그 진마교의 정체는 정확히 무엇입니까?"

지금까지 심각하기 짝이 없었던 혈적현의 얼굴에 한 줄기 미소가 서렸다.

"간단하다. 마(魔)다."

"마(魔)?"

혈적현은 자기 자신을 가리키며 말했다.

"마교 역사상 지금만큼 그 정통성이 위협받던 시기는 없었다. 죽어 가는 그 정통성이 똘똘 뭉쳐 만들어진 것이 바로 그 진마교라 생각하면 된다. 사람이라고 보기도, 어떤 사상이라고 보기도 사실 어렵다. 천마신교 내에는 마치 그 진마교가 실체하는 것처럼 여겨지지만 실상은 그렇지 않아. 그것은 그저 정통마인들의 염원이 형상화된 무언가이지."

"……."

"그 가치는 천마오가의 가치이기도 하다. 그렇다 보니, 그들의 입장과 일치하는 경우가 많다. 이번에 마인들이 혈교를 부속시켜야 한다고 믿는 그 믿음이 이를 반증하고 있지. 백도와의 대립으로 인해서 혈교를 방치해 왔지만, 이제 더 이상 그럴 이유가 없는 것이다."

"흐음, 묘하군요."

혈적현이 말했다.

"이건 사실 운정 도사가 크게 신경 쓸 일은 아니다. 마인들의 혈기를 최대한 청룡궁 쪽으로 돌리고 혈교와는 협상해 봐야지. 그런 의미에서 묻는데, 혹 파인랜드에 갈 인물로 제갈극은 어떤가?"

"제갈극?"

혈적현은 고개를 끄덕였다.

"그도 한번 이계로 가고 싶다고 했었고, 또 그의 힘은 초마급 마인보다 강하면 강했지 덜하지는 않으니까. 중원의 술법에 정통한 그는 홀로 지원을 간다 해도, 꽤 많은 도움을 줄수 있으리라 생각한다."

"흐음."

"또 혈교를 위한 변형 혈마석을 연구하려면 마법적인 지식이 더 필요하다고 하니까. 이왕 그런 김에 같이 파인랜드로 가는 것이다."

그 말을 들은 운정은 잠시 고민하더니 말했다.

"그럼 일단 한번 직접 만나 보겠습니다."

혈적현은 고개를 끄덕였다.

"그가 가겠다고 하면, 그 대가로 마석을 더 많이 받아야겠 군. 앞으로 마인들의 힘을 더욱 늘려야겠어."

운정은 겉으로 티 내지 않았지만, 그 말을 마음속 깊이 새 겨 두었다.

＊　　　　＊　　　　＊

운정은 교주전을 나와 지고전을 향하면서 급변하는 정세를 머릿속에서 정리했다.

백도는 뿔뿔이 흩어졌다.

청룡궁의 압박이 다시금 시작되었다.

진마교는 혈교를 다시 굴복시키고자 한다.

혈적현은 유화 정책으로 그들을 부속시키고자 한다.

네크로멘시 학파는 곤륜산에 조용히 자리 잡고 있다.

그 모든 것은 결국 직간접적으로 신무당파에 영향을 미칠 것이다.

지고전에 도착하자, 저번처럼 모호가 있었다.

"주인님에게 초청되지 않았다면 들어올 수 없습니다."

운정은 그녀를 바라보곤 말했다.

"저번처럼 무례하게 굴지 않겠습니다. 만나 뵙고 싶다고 말씀을 전해 주십시오."

모호는 고개를 끄덕이곤 눈을 감았다.

그리고 잠시 뒤에 눈을 뜨며 말했다.

"들어오시라고 하십니다."

운정은 그녀에게 포권을 취해 보이고는 제갈극의 실험실로 내려갔다.

큰 문을 열자, 네 사람이 보였다.

첫째로는 정채린으로, 그녀는 방 중앙에 놓인 병상에 누워 있었다.

둘째로는 디아트렉스로, 그는 정채린의 몸 위에서 정육면체처럼 보이는 유리 상자 안에 갇힌 채로 가만히 앉아 있었다.

셋째로는 제갈극으로, 그는 양손에 금침을 들고 정채린의 앞에 앉아 그녀의 단전 부근을 연구하고 있는 듯했다.

넷째로는 소청아로, 그녀는 제갈극 뒤에 서 있었는데, 수많은 금침과 각종 기구들을 있는 상을 옆에 두고 제갈극을 보조하고 있었다.

정채린은 정신을 잃은 듯 보였다.

디아트렉스는 슬쩍 운정을 보고는 곧 눈을 다시 닫았다.

제갈극은 운정을 쳐다보지도 않고 자신의 작업을 계속했다.

소청아는 운정을 돌아본 채로 매혹적인 미소를 지으며 그를 뚫어지게 바라보았다.

운정은 천천히 걸어갔다. 그리고 정채린을 사이에 두고 제갈극 맞은편에 섰다.

"아무것도 건들지 말거라. 자칫 잘못하면 죽을 수 있으니까."

운정은 뒷짐을 진 채로 그를 내려다보며 말했다.

"정채린에게 썬 마를 제거하고 있는 겁니까?"

제갈극은 옆으로 손바닥을 보였고, 이내 소청아는 한 기구를 들어서 그에게 건네주었다. 그 와중에도 소청아는 운정에게서 시선을 떼지 않았다.

제갈극은 새로운 기구를 정채린의 단전 부근에 가져가며 말했다.

"위에 보이듯 정채린에게 물든 마는 단순한 마가 아니니라. 자기 스스로의 의지를 지녔지. 마치 정신적인 기생충과 같다. 그뿐이랴? 애초에 생성 과정에서도 큰 문제가 있었다. 처음 마법이 실패하여 두 번에 걸쳐서 만들어졌지. 그렇다 보니, 그것을 해제하는 것도 적지 않게 복잡해졌느니라."

운정은 결국 소청아를 보았다.

소청아는 운정이 자신을 바라보자 더욱 깊은 감정을 눈에 머금었다.

운정은 지그시 그녀를 보다가 물었다.

"소청아는 어떻게 된 것입니까?"

제갈극이 퉁명스럽게 되물었다.

"어떻게 되다니?"

"그녀에게 무슨 일이 일어난 것인가 묻는 것입니다."

제갈극은 그제야 고개를 살짝 들고 운정을 올려다보았다.

운정의 시선은 여전히 소청아를 향해 있었다.

제갈극은 다시금 자신의 일에 집중하며 물었다.

"이것에겐 아무런 관심도 보이지 않으려고 작정한 것 아니더냐?"

운정은 제갈극이 자신의 마음을 꿰뚫어 보고 있다는 사실에 개의치 않았다.

"그랬습니다만, 이젠 묻고자 합니다."

"왜?"

"지난날의 일에 대해서 매듭을 짓고 싶습니다."

제갈극의 두 손이 멈췄다.

그는 곧 고개를 들더니 운정을 보았다.

"설마 그게 날 찾은 용무더냐?"

"용무는 따로 있습니다. 그러나 지금 이렇게 기회가 된 이상 그녀와 대화하고 싶습니다."

"대화? 그녀는 의사소통을 할 수 없다. 이미 알지 않느냐?"

"정채린은 그녀와 소통했다 합니다."

"……."

제갈극은 소청아를 돌아봤다.

소청아는 여전히 운정을 바라보고 있을 뿐이었다.

제갈극은 다시 고개를 숙이더니 말했다.

"좋다. 대화해라. 다만 작업에 방해가 될 테니, 나가서 다 끝내고 들어오거라."

운정은 소청아에게 말했다.

"따라와, 청아. 네게 직접 묻고 싶은 것이 있어."

그는 그렇게 말한 뒤, 밖으로 나갔다.

소청아는 그의 뒷모습을 바라보다가, 곧 그의 뒤를 따라갔다.

운정은 지상으로 나가지 않았다.

제갈극의 실험실이 다층으로 되어 있다는 사실을 알았기 때문이다.

대신 그는 더 깊은 곳으로 들어가 또 다른 실험실의 문을 열었다.

그곳은 방금 전과 동일한 곳이었지만, 그 안에는 아무것도 없었다.

그 안에 들어와 중앙에 선 운정은 소청아가 오기를 기다렸다.

소청아는 이내 모습을 드러냈다.

운정이 그녀에게 물었다.

"정채린이 나에게 그랬다. 네가 나와 운우지락을 나눴다고 말했다고. 왜 그랬는지 이유를 듣고 싶다."

"……."

소청아는 말없이 가만히 그를 바라보았다.

운정이 말했다.

"네가 의사소통이 불가능하다는 거 잘 알아. 당시 스페라도 그렇게 말했으니 네가 못 하는 척을 하는 건 아니겠지."

"……."

그녀는 여전히 말없이 운정을 보았다.

운정이 다시 말했다.

"머리 자체에 문제가 생겼다고 했어. 그저 말을 못 하는 것이 아니라 의사소통 자체가 불가능하다고. 말로도 글로도 그 어떠한 것으로도 네 의사를 표현하지 못한다고 말이야. 그런데 정채린과는 어떻게 대화를 한 거야? 어떤 이야기를 했기에 그녀는 너와 나 사이에 그런 민망한 일들이 있었다고 하는 거지?"

"……"

"네가 그때 정채린에게 이야기한 것처럼, 지금 나에게 똑같이 이야기해 줘. 왜 정채린에게 그런 거짓말들을 했는지, 네가 직접 알려 주었으면 좋겠어."

소청아의 눈길이 땅을 향했다.

그리고 다시 들렸을 때, 그 눈 속에는 어둠만이 가득했다.

그녀는 옷고름을 풀어 헤쳤다.

그리고 나신이 되었다.

운정이 눈살을 찌푸렸다.

"무슨 짓이야. 난 이젠 그런 것에 유혹되지 않아."

소청아는 운정에게서 시선을 돌린 뒤 양손을 하늘 위로 뻗었다.

그리고 그녀는 춤을 추기 시작했다.

그러자 방 안에 눈이 내리기 시작했다.

"무슨……"

살이 오그라드는 추위.

일정 경지에 오르고 나서부터는 지금껏 느껴 본 적이 없었던 추위다.

뼈와 근육이 떨려 오는 가운데 콧속을 파고드는 진한 향기가 있었다.

운정은 그 향기에 놀라 고개를 숙이고 바닥을 보았다.

깨끗한 얼음으로 된 바닥, 그 안에는 아름다운 설중매(雪中梅)가 가득 피어 있었다.

설중매가 얼음을 뚫어 낼 정도의 진향(眞香)을 퍼뜨리고 있던 것이다.

운정은 고개를 들어 앞을 보았다.

그리고 숨이 멎는 듯했다.

그곳엔 사부님, 우향낙선이 그를 바라보고 있었기 때문이다.

우향낙선은 포근한 미소를 지은 채 천천히 운정을 향해 다가왔다.

다리의 힘이 모조리 풀려 버릴 듯한 기분.

하지만 우향낙선을 바라보는 그의 눈빛이 점차 가라앉기 시작했다.

그는 더 이상 어린아이가 아니다.

신무당파의 개파조사다.

타인의 의지와 뜻이 아닌 자신의 의지와 뜻을 가지고 새로운 길을 개척하는 도사다.

그것을 자각하는 그 순간.

운정은 실험실에 있었다.

그의 앞에는 소청아가 막 동작을 멈춘 채로 그를 보았다.

방 안에는 여전히 진한 매화향이 가득했다. 운정은 숨을 멈춘 채로 무궁건곤선공을 운용했다. 영령혈검을 양손으로 잡고 네 엘리멘탈의 도움을 모두 받아서 극성으로 펼쳐 냈다.

그렇게 마음을 깨끗이 비우고 나자 더 이상 매화향이 느껴지지 않았다.

소청아는 손을 내렸다.

그리고 가만히 서서 그를 바라보았다.

그녀의 두 눈은 여전히 운정을 유혹하고 있었다.

툭.

영령혈검이 바닥에 떨어졌다.

운정은 그대로 그 자리에 주저앉았다.

그러곤 겨우 땅을 짚고 고개를 숙였다.

그는 참으려 했다.

하지만 아무리 참으려고 해도 참을 수 없었다.

결국 그의 마음에서부터 시작된 눈물은 기어코 그의 두 눈에서 흘러나왔다.

"죽었구나."

운정은 자신이 한 말을 듣고는 소스라치게 놀라며 몸을 떨었다.

그는 눈물에 의해 시야가 흐려지는 것을 느끼며 말했다.

"너는 이미 죽었어, 소청아."

소청아는 고혹적인 미소를 지었다.

그러곤 천천히 운정에게 다가왔다.

그의 앞에 앉은 소청아는 한 손을 들어서 운정의 머리 위에 올렸다.

그리고 그를 쓰다듬었다.

운정은 끊임없이 눈물을 흘리며 그녀를 올려다보았다.

"내가 네 목을 베었을 때, 넌 죽었어, 소청아."

그녀는 여전히 같은 표정으로 그를 바라보고 있었다.

매혹적이고.

고혹적이고.

하지만 운정은 그 속에 아무런 영혼이 없음을 알았다.

그것은 소청아란 육신에 소청아란 본능이 남아 있을 뿐인 것이다.

운정은 고개를 들었다.

소청아는 그와 눈을 마주치고는 더욱더 진한 미소를 지었다.

그 미소가 거짓이라는 것.

그 미소가 질투에서 비롯됐다는 것.

그 미소가 둘 사이를 이간질하기 위해서라는 것.

그 모든 것은 그저 상상에 불과하다.

왜냐하면 소청아는 이미 죽었으니까.

운정은 더는 그 미소를 바라볼 수 없어 눈길을 아래로 떨구고 말았다.

"화산파의 매화검은 적을 자연사시킨다 했지. 적으로 하여금 그가 원하는 모든 것을 보여 줌으로써, 그 목적을 잃어 더이상 살지 않게 만드는 거야. 마치 일족에서 추방당한 엘프처럼, 더 이상 아무것도 원하는 것이 없게 되어 더 이상 숨을 쉬어야 하는 이유조차 모르게 되는 거지."

소청아의 미소가 조금은 옅어졌다.

운정은 계속해서 중얼거렸다.

"네 생각과 네 의지는 모두 가공된 것. 그러니 그보다 더한 무아지경이 어디 있으며, 그보다 더한 도심(道心)이 어디 있겠어? 아무것도 없는 백지이니, 화공이 그리는 대로 그려지겠지. 그러니 네 춤에는 화산의 도심이 녹아 화산이 담겨 있는 거야."

소청아는 다시 미소를 지었다.

운정은 또다시 중얼거렸다.

"본래 화산의 무공은 춤에서부터 나왔다 했지. 신선(神仙)의 선(仙)은 본래 선(僊)이라, 춤사위를 뜻하는 것이라 했어. 화산의 내공을 품은 채, 그 어떠한 겉치레도 담지 않고, 순수한 신선의 춤사위를 펼치니 그것을 바라보는 이의 마음속에 이상

향(理想鄕)이 도래하는구나. 그것을 검으로 담아내었다면, 필시 마음이 베어졌을 거야. 그것이 향검인 거야."

소청아가 무릎을 꿇었다.

그녀는 양손을 뻗어 운정의 얼굴을 천천히 들었다.

그리고 엄지손가락으로 그의 얼굴에 흐르는 눈물을 닦아주었다.

하지만 그럼에도 운정의 눈에선 눈물이 멈추지 않았다.

"난 사실 네게 용서를 구하고자 했어, 청아야. 모든 일이 끝나고, 또 신무당파가 충분히 성장하고 나면, 그땐 네게 와서 용서를 구하고자 했어. 네게 보상이 된다면 말이야, 난 내 목숨이라도 내놓으려 했어."

소청아의 엄지손가락이 멈췄다.

그녀는 또다시 눈가에 웃음을 머금었다.

운정이 말했다.

"하지만 넌 이미 죽었구나. 때문에 네게는 더 이상 용서받을 수는 없겠지. 그것이 현실이야. 그것이 살인이겠지. 용서받을 수 없는 채로 살아야 하는 것이 바로 살인죄겠지."

운정은 소청아의 양손을 잡았다.

차디찬 그 육신으로부터는 아무런 생기도 느껴지지 않았다.

울음이 멈췄다.

그는 조용히 자리에서 일어났다.

그리고 소청아가 벗어 던진 옷을 집어서 그녀에게 입혀 주었다.

운정은 옷을 모두 입은 그녀를 바라보며 말했다.

"네가 아닌 것을 바라보며 네게 말을 하는 것 또한 네게 실례겠지. 나중에, 내세에서 본다면 그때 이야기해 보자."

운정은 그녀와 함께 다시 제갈극이 있는 실험실로 돌아갔다.

                    *   *   *

운정이 다시 실험실에 들어오자, 제갈극이 슬쩍 그를 뒤돌아보더니 말했다.

"그것의 장례를 원한다면 대신할 것을 가져오거라. 그럼 내주겠느니라."

제갈극치고는 꽤나 친절한 말이다.

운정은 천천히 제갈극에게 다가가며 말했다.

"전 그녀의 장례를 치를 자격이 없습니다. 나중에 정채린 소저와 이야기해 보겠습니다."

제갈극은 입술을 비틀더니 다시 자기 일에 열중했다.

소청아는 그의 옆으로 걸어가 보조하기 시작했다.

운정 또한 제갈극의 맞은편에 가서 그가 하는 작업을 바라보았다.

제갈극이 퉁명스럽게 말했다.

"이것과 대화가 다 끝난 거면, 거기 그냥 그렇게 서 있지 말고 이곳으로 온 용무를 말하거라."

운정은 나지막하게 말했다.

"집중하시는 듯하여 가만히 있었습니다. 원하신다면 다 끝난 뒤에 오겠습니다."

그 말에 제갈극은 한숨을 내쉬더니 말했다.

"솔직히 말하면 지금 막혀 있다. 이것저것 시험해 보고 있던 중이었느니라. 그러니 그냥 말해도 된다."

"방금 전 교주님께서 태학공자에게 마법사를 소개시켜 주라고 했었습니다. 이것 때문이로군요."

제갈극은 조심스레 물었다.

"가능하겠느냐?"

운정이 말했다.

"그 때문에 온 것입니다."

제갈극은 운정을 물끄러미 보다가 툭 하니 말했다.

"흐음, 잠시 나가겠느냐? 연구실에만 계속 있었더니 오히려 머리가 굳는 듯하니라."

그는 운정의 의사를 듣지도 않고 몸을 돌려 밖으로 향

했다.

운정은 그를 따라 나갔으나, 소청아는 그대로 계속 안에 있었다.

실험실 밖으로 나가자, 맑은 공기가 그들을 반겼다.

뜨거운 태양이 내리쬐는 가운데, 제갈극이 조금 큰 소리로 말했다.

"모호!"

그의 말이 끝나기 무섭게 한쪽에서 칠흑의 구체가 날아왔다. 그것은 곧장 하늘 위로 향하더니, 넓은 범위로 둥그렇게 퍼져 나갔다.

운정이 말했다.

"그러고 보니, 태학공자는 뱀파이어로군요."

제갈극은 앞으로 한 발 내디디며 말했다.

"다시 인간이 되는 것도 필수적으로 알아내야 할 것 중 하나지. 연못가로 가지. 생각이 복잡해서 더는 사고할 수 없을 때, 내가 자주 가는 곳이다."

그는 앞장서 걸었다.

그들이 도착한 곳은 한 연못이었다.

제갈극은 그곳에 마련된 한 정자에 가서 앉았고, 운정도 그의 맞은편에 가서 앉았다.

운정이 말했다.

"이곳은 전에도 한번 왔었던 곳이군요. 그, 로스부룩이라고 기억하십니까?"

제갈극은 연못에 시선을 고정하며 말했다.

"기억하지. 그만큼 나와 마음이 통하던 인간은 없었으니까. 천재의 비애라고 할까? 그런 점에서 서로 많이 공감했었다. 당시 참으로 많은 지식들을 교환했었는데, 그가 아니었다면 애초에 내가 이토록 빠르게 마법을 익힐 수도 없었을 것이다."

"……"

"아무튼 그래서. 어떻게 마법사를 소개시켜 줄 것이냐?"

운정이 대답했다.

"정확하게 말하면 그 반대라고 볼 수 있습니다. 당신을 데리고 파인랜드로 가는 것이니까요."

그 말에 제갈극이 눈썹을 모았다.

"날 파인랜드로 데려간다?"

운정이 고개를 끄덕였다.

"현재 델라이에서는 천마신교의 지원을 바라고 있습니다. 정치적 또는 외교적 문제 때문에 자신들의 무력을 동원할 수 없는 상황을 해결하고자 하기 때문입니다."

"두루뭉술하게 말하지 말고 전부 이야기해 보거라."

운정은 파인랜드에서 델라이가 처한 상황을 처음부터 끝까지 간략하게 설명했다. 그러자 제갈극은 한참 동안 말이 없다가 툭 하니 말했다.

"글쎄, 델라이를 도와준다고 해서 마법적 지식을 얻을 수 있는 것은 아니지 않느냐?"

운정은 고개를 끄덕였다.

"그렇긴 합니다. 다만 신무당파에는 스페라 스승님이 있습니다. 또한 네크로멘시 학파의 마법사는 신무당파와 우호 관계에 있습니다. 그들의 도움을 받을 수 있을 겁니다."

제갈극의 얼굴이 조금 어두워졌다.

"아? 알테시스와 그 마법사들 말이더냐? 그들 덕분에 부활 마법을 알게 되어 정채린의 마를 제거할 수 있게 되었지만, 당시에도 꽤나 수동적이었다. 자기 학파의 핵심 마법이라 가르쳐 주는 것을 꺼리는 듯했어."

"그들이 안 된다고 하더라도, 이곳에서 마법사를 무작정 기다리는 것보다는 파인랜드로 가서 직접 찾아보시는 것이 더 좋지 않겠습니까?"

"그 대신 델라이를 위해 전장에 나가라, 뭐 그런 뜻이냐?"

"그렇습니다. 중원의 술법이라면 무공과도 마법과도 다르니, 크게 유용할 것입니다."

제갈극은 눈초리를 모으더니, 팔짱을 끼며 운정에게 말했다.

"재밌구나. 칼 한 번 놀릴 때도 정의니 뭐니 일일이 따지던 네놈이 이젠 전쟁의 중재자가 되려 하다니."

"이는 전쟁을 막기 위함이 큽니다. 두 힘의 충돌을 최소화시켜 흘릴 피를 줄이고자 하는 겁니다."

제갈극은 손가락으로 운정을 가리키며 말했다.

"내가 델라이를 위해서 싸워 주는 것이, 피를 줄이고자 함이다? 왜지? 어떻게 그런 논리가 되는 것이지? 내가 봤을 땐, 그저 네가 새운 그 신무당파를 위함 아니더냐? 네 개인적인 욕심 때문에 전쟁의 중재자가 되어 주는 것이 아니라는 말이냐?"

"그렇게 의심할 수도 있겠습니다. 하지만 제가 아무런 일도 하지 않고 방관하면 전쟁이 일어나지 않습니까?"

"넌 머혼이라는 섭정이 델라이 영주 간에 내전을 일으킨 이유가 바로 더 큰 전쟁을 막으려 한다는 것이라 믿었다고 했다. 그래서 그 내전을 용인했을 뿐 아니라 힘을 빌려주었다. 맞느냐?"

"맞습니다."

"그런데 실제로는 내전이 마무리되는 지금, 그 섭정은 다른 나라와의 전쟁을 준비하기 위해서 우리 중원의 힘을 빌리고자 한다. 그럼 내전은 더 큰 전쟁을 막은 것이 아니라, 오히려 발판이 되어 준 것이 아니냐? 정말로 그가 말하는 것처럼 그가 원하는 것이 평화이더냐? 혹 네가 그에게 속은 것은 아니냐?"

운정은 잠시 말이 없다가 이내 말했다.

"당신이 도와줘야 하는 일은 엄밀히 말하면 전쟁을 한다기보다는 타국이 전쟁하러 오는 것을 막으려는 것뿐입니다."

"글쎄, 내 생각에는 그 머혼이라는 작자는 파인랜드 전체를 집어삼키지 않으면 멈추지 않을 사람처럼 느껴지느니라. 이번에 내가 도와줘서 사왕국이라는 곳과 전쟁을 잘 끝냈다고 하자. 그러면 그 이후에는? 아마 그 제국이라는 곳과 전쟁하겠다 할 것이다. 그렇게 하는 것이 오히려 세상의 전쟁을 끝내고 평화를 가져오는 것이라 말하겠지. 아니더냐?"

운정이 말했다.

"그 말도 일리가 없지는 않습니다. 현 중원은 대운제국이라는 이름 아래 통일되어 있기에 백성들 간의 피 흘림이 없습니다. 단지 무림인들 간에 피 흘림이 있을 뿐이지요."

제갈극은 고개를 끄덕였다.

"좋다. 네 생각이 그렇다면 그런 것이지. 하지만 과연 머혼이라는 그 사람이 방금 네가 말한 그런 일을 시행할 만한 인물인가? 그가 능력이 있다는 건 계속 들어서 알겠다. 하지만 그런 성품이 되느냐는 말이다."

운정은 연못가로 시선을 던지며 말했다.

"아직은 지켜보고 있는 중입니다. 최근 들어 조금 엇나가는 감이 없지 않아 있지만, 아직까지 선을 벗어나진 않았습니다."

"……."

제갈극이 침묵하자 운정은 그에게로 시선을 돌리며 말을 이었다.

"신무당파의 최고선은 공존입니다. 신무당파의 무력은 이를 위한 힘이 될 것입니다. 적어도 이를 받아들일 수 있는 사람이 델라이의 왕이 되어야겠지요."

운정의 두 눈은 형용할 수 없을 만큼 깊었다.

제갈극은 나지막하게 말했다.

"속고 있는 게 아니구나. 속아 주고 있는 거야."

운정은 방긋 웃었다.

"그래서, 어떻게 생각하십니까? 저와 함께 이계로 가서 델라이에 힘을 보태 주시겠습니까?"

제갈극은 있지도 않는 수염을 만지작거리는 시늉을 하며 말했다.

"한 가지 걸리는 것이 있다."

"무엇입니까?"

그는 엄지손가락으로 실험실 쪽을 가리켰다.

"정채린."

"연구가 막혔다 하지 않았습니까?"

"그게 아니라, 저대로 두고 가기 애매하기 때문이니라. 내가 간다면 모호도 가야 하는데, 그러면 실험실을 지킬 사람이 없느니라."

"진법이나 마법으로 보호하면 되지 않겠습니까?"

"그러면 되기야 하지. 하지만 혹시 모르니까."

"……."

제갈극은 짧게 고민하고는 말했다.

"됐다, 언제 가면 되느냐?"

"내일이나 모레로 이야기했습니다. 시간을 정해 주시면, 그쪽에 전달하겠습니다."

제갈극은 눈을 살짝 감고는 고민에 빠졌다.

대략 반각 정도가 흘렀을 때, 그가 답을 내놓았다.

"그렇다면 내일 아침이 좋겠다. 지난 오 일 동안 한 번도 쉬지 않고 연구를 했느니라. 만 하루는 쉬어 줘야 원상 복귀가 될 듯하다."

"좋습니다. 그럼 내일 아침에 데리러 오겠습니다."

운정이 떠나지 않고 계속 앉아 있자, 제갈극이 그를 물끄러미 바라보았다.

운정이 어떻게 말을 꺼내야 하나 고민하고 있는데, 제갈극이 그의 마음을 알고 먼저 말을 시작했다.

"정채린의 상태에 대해선 나도 잘 알지는 못한다. 하지만 확실한 건 몇 가지가 있지. 그 디아트렉스라고 하는 데빌은 무당산의 정기와 화산의 정기로 만들어진 존재이다. 그 와중에 휘말린 심검마선과 태룡향검이 지옥으로 가게 된 것이지."

"……."

"내가 처음 그 마법을 풀어 냈을 때, 태룡향검은 중원으로 돌아왔지만 화산의 정기는 다시 돌아오지 않았다. 이로 보았을 때, 심검마선이 중원으로 돌아온다 해도 무당산의 정기는 다시 돌아오지 않을 가능성이 크다."

운정은 고개를 갸웃했다.

"전에 네크로멘시 학파 마법사들과 이야기를 나누었을 땐, 무당산의 정기를 되찾을 수 있다고 말했었습니다."

제갈극은 고개를 끄덕였다.

"그러니까 내가 환원하는 방법이 무언가 잘못되었다는 것이겠지. 반쪽짜리라는 것이야. 사실 이것은 너와도 연관된 문제이다. 그래서 네게 이 말을 하는 것이다."

운정은 제갈극의 요지를 파악했다.

"혹 무당산의 정기를 포기할 수 있느냐고 물어보시는 겁니까?"

제갈극은 고개를 끄덕였다.

"내가 하는 방법이 잘못된 것이어서, 다른 방법으로 풀어 냈을 때 둘 다 돌아올 수 있다면 문제가 없다. 하지만 만약 둘 중 하나를 무조건 포기해야 한다면, 심검마선을 선택할 수밖에 없음을 알려 주고 싶었다."

운정은 깊은 숨을 들이마시더니 말했다.

"괜찮습니다. 무당산이 돌아온다면, 무당파가 다시 세워질 수는 있겠지요. 하지만 전 이미 신무당파를 파인랜드에 설립하였습니다. 그것으로 제 삶의 뜻을 삼기로 결정했습니다. 그러니 무당산의 정기를 포기해도 괜찮습니다."

제갈극이 나지막하게 말했다.

"달라졌구나."

운정은 자리에서 일어나더니 포권을 취했다.

"내일 묘시면 괜찮겠습니까?"

제갈극도 일어나더니 연못가로 가며 말했다.

"좋다, 배웅은 하지 않겠다."

그는 그대로 몸을 숙여서 자신의 머리를 연못 속에 넣었다.

운정이 살짝 웃는데, 순간 그의 시선이 한쪽을 향했다.

"……."

말없이 그곳을 바라보던 운정에게 제갈극이 얼굴을 다시

들고 그에게 말했다.

"무슨 할 말이 더 있느냐?"

운정은 고개를 돌리더니 다시 인사했다.

"아닙니다, 그럼 이만."

운정은 천천히 걸어서 지고전을 나섰다.

제갈극은 그의 뒷모습을 바라보다가 이내 다시 연못 속에 얼굴을 넣었다.

어느 정도 걸었을까?

운정은 다시금 발걸음을 돌리며 중얼거렸다.

"확실히 위화감이 들었어."

지고전에 다시금 가까이 온 그는 기감을 활성화하여 그 전체를 면밀히 살폈다. 그 안에서 움직이는 것이 있다면 개미 하나도 놓치지 않을 정도로 그는 내력을 동원했다.

그렇게 대략 반 시진이 정도가 흘렀을 때, 어떤 움직임이 감지되었다.

"역시."

그 움직임은 극히 은밀히 지고전의 뒤쪽으로 나가더니, 그 이후부터는 매우 빠른 속도로 움직였다.

운정은 그 움직임을 따라서 경공을 펼쳤다.

"아무리 심력이 고갈된 상태라고 해도 제갈극의 눈을 피하다니. 그리고 지금 저런 속도를 내면서도 천마신교 고수들조차 파악하지 못하고 있어. 공간에 대한 이해가 넓어지지 않았다면, 나 또한 파악하기 어려웠을 것이다. 도대체 누구지?"

그는 계속해서 그 움직임을 쫓았고, 결국 한 건물에 도착할 수 있었다.

그는 편액을 올려다보며 중얼거렸다.

"원로원."

第九十四章

운정은 대문을 통해서 원로원 안으로 들어갔다.

그러자 원로원의 시비가 즉각 그의 앞에 서더니 물었다.

"무슨 일이십니까?"

운정은 가만히 그 시비를 바라보다가 대답했다.

"원로원으로 숨어든 자가 있습니다. 그를 쫓다 오게 되었습니다."

시비는 눈초리를 모으더니 말했다.

"천마신교 내부에는 감시에 특화된 마공을 익힌 고수들이 포진해 있습니다. 게다가 특히 원로원에는 은퇴하신 마인들이 많이 계십니다. 만약 그런 일이 있었다면, 진작 소란이 일어났을 겁니다."

운정이 말했다.

"그자가 펼친 것은 단순한 암공이 아닙니다. 암공에 술법까지 가미되어, 보통의 감각으로는 잘 알 수 없는 것입니다."

시비는 표정을 굳혔다.

"갑자기 이리 난입하셔서 그리 주장하셔도 들여보낼 수는 없습니다. 죄송합니다. 떠나 주십시오."

"……"

"어서요."

운정은 포권을 취했다.

"죄송합니다만, 꼭 확인해야 하는 것입니다."

그는 시비를 지나쳐 걸어 들어갔고, 시비는 차마 그를 막을 수 없었다.

"말을 듣지 않으신 건 태극마선 본인이시니, 원로원에서 큰 화를 당하신다 해도 자업자득일 것입니다."

운정은 시비의 경고를 무시했다.

안에는 전처럼 선계와 같은 풍경이 이어졌다. 그리고 그 선계 속에는 많은 노마두들이 자연 속에서 어지러운 마심을 달래고 있었다.

운정은 그가 쫓아온 그 흔적을 뒤쫓았다. 하지만 노마두들을 자극하지 않기 위해서 서두를 수 없었다.

다행히 그 흔적은 한 집에서 멈췄다.

운정은 그 집 안으로 들어갔다.

"으잉? 뭐야? 누군데 내 집에 마음대로… 으잉, 넌?"

안에는 한 노마두가 막 오침에서 깨어난 듯 자리에서 일어나며 눈을 비볐다.

전에 자신을 노향이라 소개했던 그 노마두였다.

운정은 전에도 지자추의 집 앞에서 그가 은밀히 숨어 있었다는 것을 기억했다.

그런데 이번에 보니 그보다 은밀함이 더욱 깊은 암공까지도 아는 듯했다.

운정이 그에게 단도직입적으로 물었다.

"지고전에서부터 침입자의 흔적이 있었습니다. 이를 추적하여 따라와 보니 이곳까지 이어지더군요. 혹 선배님이 아니십니까?"

노향은 멀뚱멀뚱 그를 보며 말했다.

"나? 아닌데? 난 그냥 낮잠을 자고 있었다."

"그럼 이 집 안으로 들어오는 기척을 느끼지 못하셨습니까?"

노향은 머리를 긁적이며 말했다.

"글쎄, 자고 있느라 몰랐느니라. 그런데 응? 왜 갑자기 내 오침을 방해하고 난리냐? 네가 뭔데? 응?"

운정은 눈을 가늘게 떴다.

그는 노향 앞에 앉았다.

그러곤 그를 바라보며 물었다.

"듣자 하니 전에 무당파에 계셨었다고 들었습니다."

노향은 고개를 끄덕였다.

"그래, 있었지. 내가 바로 무당파의 장문인인 노향진인이니라. 응? 그러니까 본래라면 넌 내 얼굴도 못 쳐다본다고. 알겠냐?"

운정은 조용히 말했다.

"전에도 말씀드린 적이 있는데, 향 자 돌림이신 것을 보니, 제 스승님과 같은 항렬인 듯하십니다. 스승님께서 그분의 대사형이신 노향진인을 언급하셨던 것 같긴 합니다. 혹 우향진인을 아십니까?"

"우향진인? 글쎄, 우향낙선이 아니고?"

그 말에 운정의 눈이 살짝 좁아졌다.

"예, 맞습니다. 우향낙선."

노향은 갑자기 귀찮다는 듯 얼굴을 찌푸리더니, 자신의 왼쪽 귓구멍에 손을 넣고는 마구 휘저었다.

그러자 그곳에서 귓밥이 후루룩 떨어졌다.

그 더러운 광경을 보면서도 운정의 눈빛은 조금도 흔들림이 없었다.

마지막으로 손톱에 낀 것을 후 하고 분 노향이 말했다.

"알지, 그 쇠고집을 내가 모르면 누가 알아."

"……"

"그런데 네가 그 애 제자냐? 흐음, 맞아. 항상 제자를 받지 않다가 언젠가 한번 제자를 받았지 아마?"

"무당파에서 떠나는 조건으로 절 받으셨다고 하셨습니다."

"그랬나? 뭐 암튼."

"……"

"자, 난 더 할 이야기가 없으니 못다 한 낮잠이나 더 자야겠다."

그렇게 말한 뒤, 그는 벌러덩 누워 버렸다.

운정은 가만히 그를 내려다보다가 물었다.

"무당파의 술법 중에는 몸을 숨기는 은형술이 있기는 합니다. 하지만 방금 선배님이 보여 주신 것처럼 경공과 접목시켜 암공에 가까운 건 없습니다. 그것은 무엇입니까? 정말 무당파 출신이긴 하십니까?"

노향은 눈을 감은 채로 입을 쩌억 벌렸다.

그리고 닫더니 그대로 코를 골았다.

"드르렁, 쿨쿨. 드르렁, 쿨쿨."

이리도 빨리 잠에 들었을 리가 없다.

운정은 다시금 물었다.

"왜 지고전에 숨어 계셨던 겁니까? 말씀해 보십시오."

노향은 곧 몸까지 확 돌리면서 말했다.

"아우, 요즘 모기가 많아. 시끄러워서 잠을 잘 수가 없네."

"……."

"드르렁 쿨쿨. 드르렁 쿨쿨."

명백한 축객령.

운정은 자리에서 일어날 수밖에 없었다.

포권을 취한 그는 그 집에서 나와 다시금 원로원 밖으로 걸어갔다.

그 중간쯤에는 아까 본 시비가 서 있었다.

"더 문제 일으키지 말고 나가 주세요."

운정은 고개를 끄덕였다.

"안 그래도 나가려는 참이었습니다."

시비는 불만이 가득한 표정으로 그를 뒤따라 걸었다.

그가 진짜로 나가는지 아닌지 그것을 끝까지 확인하려 하는 듯했다.

원로원의 대문에 거의 다 왔을 때쯤, 힌 노인이 원로원 안으로 들어왔다.

운정은 걸음을 멈추고 포권을 취했다.

"안녕하십니까, 지자추 어르신."

지자추는 그를 위아래로 훑어보곤 말했다.

"혹 나를 보러 온 건가?"

"아닙니다."

그 말에 지자추는 흥미를 잃은 듯 운정에게서 시선을 떼고 다시 갈 길을 가려 했다.

하지만 곧 고개를 돌려 운정을 보며 말했다.

"잠깐, 이렇게 만난 김에 하나 묻지."

운정도 제 갈 길을 가려다가 그를 마주 보곤 대답했다.

"무슨 일이신지요."

지자추는 잠시 고민하더니 말했다.

"자네는 교주 그리고 태학공자와 친하니까 혹시 아는가 해서 말이야. 손자가 말하길 박소을이 본교로 들어왔다는 의심을 하던데 혹 들은 것이 있는가?"

운정은 고개를 저었다.

"그런 말은 들은 적이 없습니다."

지자추의 눈초리가 반쯤 줄어들었다.

그는 날카로운 눈빛을 빛내며 운정의 표정을 면밀히 살폈다.

"정말 없는가?"

운정은 그를 똑바로 마주 보며 말했다.

"없습니다."

지자추는 그 대답을 듣고도 한참을 운정을 바라보다가, 곧 툭 하니 말했다.

"흐음, 그렇군. 그래. 알겠네."

그가 돌아서려는데, 이번엔 운정이 그를 불러 세웠다.

"저 또한 말씀드리고 싶은 것이 있습니다."

"나한테? 무엇인가?"

운정은 잠시 뜸을 들였지만 이내 결심한 듯 말했다.

"소청아는 죽었습니다."

"뭐?"

"지금 제갈극의 옆에 있는 소청아는 소청아가 아닙니다. 그녀는 제가 목을 벤 그 순간 죽었고, 지금 남아 있는 건 그저 시체에 불과할 따름입니다."

지자추는 순간 운정의 말을 이해하지 못해서 입을 살짝 벌렸다.

그러다가 곧 다시 얼굴을 굳히며 말했다.

"그래서? 내게 하고자 하는 말이 무엇인가?"

운정이 대답했다.

"소청아를 통해서 화산파의 무공을 미공으로 재현하겠다는 계획은 포기하라고 말씀드리고 싶었습니다. 어차피 시도해도 성공하지 못할 것입니다."

지자추는 이제 얼굴을 확 찌푸리더니 말했다.

"그건 해 봐야 아는 거야."

"아니오, 해 보지 않아도 알 수 있는 것이 있습니다."

지자추는 한쪽 입꼬리를 올렸다.

"마공은 성장이 빠르지. 내가 알려 준 구결을 익힌 그녀가 얼마나 높은 경지에 이르렀는지 자네는 알지 못……."

운정이 그 말을 잘랐다.

"압니다. 향검의 수준이지요."

"……."

입을 다문 지자추에게 운정이 이어 말했다.

"전에 말씀하셨지요. 화산의 진정한 무공은 바로 향검이며, 적을 자연사시키는 것이라고. 현재 화산에 있는 고수들이나, 심지어 나지오 부교주 또한 그 향검을 제대로 깨우치지 못했다고."

지자추는 고개를 살짝 들더니, 운정을 내려다보며 대답했다.

"맞다, 화산파에는 화산 안에 있으면서도 그 도를 제대로 모르는 놈밖에 없고, 본교 내에 있는 마공화된 화산의 무공 역시도 전부 그 진정한 도를 표현해 내지 못해. 적을 자연사시키는 화산의 검. 나는 그것을 마공으로 재현할 것이야. 진정으로 말이지."

"그리고 그것을 소청아를 통해서 하시려는 마음은 충분히 이해합니다. 그녀가 보여 주는 경지는 놀랍지요. 하지만 소청아가 향검의 경지를 지니게 된 것은 그녀가 그저 명령받은 대로 수행하는 시체이기 때문입니다. 사실 그 안에는 어떠한 도(道)도, 깨달음도 없습니다. 무공은 물론이고 검공도 없습니다. 그녀는 그녀가 익힌 대로 매화향을 뿜어내기만 할 뿐입니다. 그것은 결코 무공이 될 수도 없고 돼서도 안 됩니다."

지자추는 분노로 인해 눈을 부르르 떨었다.

그가 곧 큰 소리로 한마디 하려는데, 불쑥 운정의 뒤에서 목소리가 들려왔다.

"그 애 말이 맞아, 소타선생. 암만 입신에 올라도 자기 자신을 잃어버리면 무슨 소용인가?"

운정이 뒤를 돌아보니, 음흉한 표정을 짓고 있는 노향이 있었다.

집중하지 않는다면 전혀 파악할 수 없는 은밀함.

운정이 그에게 물었다.

"낮잠을 잔다 하시지 않으셨습니까?"

노향은 운정을 보지 않고 말했다.

"친구가 들어오는 소리를 들어서 말이지. 전에 이야기하던 걸 마저 해야 하지 않겠어? 응?"

지자추는 얼굴을 일그러뜨리며 말했다.

"거기서 더 이상 지껄이지 말고, 내 방으로 들어와. 그리고 운정 도사, 행여나 내 일을 방해할 생각이라면 그만두는 것이 좋을 것이다."

그렇게 일갈한 지자추는 더는 말하지 않겠다는 듯 홱 돌아서 자신의 갈 길을 가 버렸다. 그러자 노향도 운정을 내버려두고 얼른 그를 따라갔다.

홀로 남은 운정은 그 두 노마두의 뒤를 보다가 이내 몸을 돌려 원로원 밖으로 나갔다.

그곳에는 또다시 뜻밖의 인물이 있었다.

"운정 도사?"

마조대 낙양단장 지화추는 그의 옆에 한 어린 남자아이를 데리고 있었다. 그 남자아이의 눈빛에는 미약한 마기가 서려 있었다.

운정이 그 둘을 번갈아 보다가 물었다.

"뭔가 일을 꾸미시는 겁니까?"

지화추는 가만히 운정을 보다가 말했다.

"미안하지만 나는 몇 번이나 운정 도사에게 손을 내밀었소. 하지만 그 손을 잡지 않은 것은 운정 도사 본인이오."

"……."

"이 일은 운정 도사나 신무당파와는 아무런 상관이 없는 일이니, 더는 관여하지 마시오. 듣자 하니 이계의 일이 바쁘다고 알고 있소만."

운정은 나지막하게 중얼거렸다.

"무슨 일을 꾸미는지 모르겠습니다만, 행여나……."

지화추가 말을 잘랐다.

"운정 도사에겐 피해가 가긴커녕 오히려 좋은 쪽일 것이오. 그래서 애초에 손을 내밀려고 한 것이고. 이해관계가 맞지 않았다면 애초에 손을 내밀지도 않았겠지."

"……."

"이제 당신과는 상관없는 일이 되었소. 그러니 더 묻지도 더 이야기하지도 마시오. 그냥 이계에 있으면 알아서 운정 도사에게 이득이 되는 방향으로 흘러갈 것이오."

운정은 더 캐물었다.

"구체적으로 어떤 이득입니까?"

지화추는 가만히 그를 노려다보다가 말했다.

"신무당파가 천마신교의 손아귀에서 벗어나게 될 것이오. 그러니, 다른 행동을 더 취하지 마시고 이대로 이계에 돌아가 본인의 일에 집중하시오."

"……."

"마조대의 정보상 운정 도사께서는 타인의 거짓을 간파할 수 있는 능력이 있다고 나와 있소. 그러니 묻겠소. 내가 방금

한 말에 거짓이 있었소?"

운정은 고개를 저을 수밖에 없었다.

"없었습니다."

"그러니까."

지화추는 그렇게 말하고는 운정을 지나쳐 걸었다. 이에 그의 옆에 있었던 아이 또한 얼른 그를 따라서 안으로 들어갔다.

원로원 앞에 홀로 선 운정은 이내 나지막하게 중얼거렸다.

"그가 무슨 계획을 구상했든, 그 계획에서 내가 해 줘야 할 부분을 대신할 사람을 찾은 것이다. 그리고 사람은… 설마 저 아이일까?"

그는 천천히 걸음을 걸어 낙선향으로 향했다.

*   *   *

낙선향으로 돌아온 그는 생각을 정리하며 시간을 보냈다.

해가 지고 밤이 되어 자정을 넘어갈 쯤, 누군가 낙선향에 찾아왔다.

대문을 통해서가 아닌 담을 넘어와 마당에 착지한 그 인기척은 안에 들어오고 나서부터는 자신의 존재를 숨기지 않았다.

운정은 마당으로 나갔다.

그곳에는 호법원주 악존이 진한 마기를 머금은 눈빛으로 그를 바라보고 있었다.

"같이 갈 곳이 있다."

운정은 손을 뻗어, 영령혈검을 등 뒤에 올려 두고는 그에게 말했다.

"묘시까진 와야 합니다."

"아무리 늦어도 축시 전엔 돌아올 것이다."

"좋습니다."

악존은 그길로 몸을 날렸다.

운정은 제운종을 펼쳐 그를 따라갔다.

그렇게 낙양본부 내 건물 위를 아무렇지도 않게 누비는데, 악존의 전음이 들렸다.

[무당파의 암공을 써라. 마조대가 감히 우리 앞길을 막진 않겠지만, 그렇다고 너무 대놓고 다니면 좋지 않아.]

운정이 대답했다.

[무당에는 기본적으로 암공이 없습니다.]

그러자 악존이 말했다.

[무당에 암공이 없다고? 웬만한 살공보다 더한 암공이 있을 텐데?]

운정은 그 질문에 대답하지 못했다.

사부가 그에게 알려 준 어떠한 무당파 무공에도 암공은 없었기 때문이다.

얼마나 지났을까?

그들은 온통 적색으로만 이뤄진 오 층 건물에 도착했다. 악존은 경공을 펼쳐 단번에 꼭대기 층 창문으로 들어가 버렸고, 운정도 그를 따라서 들어갔다.

안에는 악존 외에 다른 한 인물이 의자에 앉아 뜨거운 술을 마시고 있었다.

그리고 삼각형을 그리듯 다른 쪽에는 김이 모락모락 나는 술이 있었다.

악존은 그중 한 자리에 앉아 팔짱을 꼈고, 운정도 나머지 한 자리에 앉았다.

그가 포권을 취하며 말했다.

"흠진 대장로를 뵙습니다."

흠진은 술잔을 내려놓으며 말했다.

"말을 놓으시오. 당신께 맞은 옆구리가 아직도 시리니."

운정은 포권을 내렸다.

"그것과는 상관없습니다."

흠진은 손바닥으로 운정 앞에 있는 술을 가리켰다.

"별건 아니지만, 마셔 보시오. 중원에서 찾아보기 힘든 것이오."

"이름이 무엇입니까?"

"사특주(四特酒)라 하오. 이를 데워서 뜨겁게 마시는 건 내 취향이고. 나쁘지 않소."

운정은 술잔을 잡았다. 고통이 느껴질 정도로 뜨거웠지만, 내력이 심후한 그에겐 아무런 영향이 없었다.

그는 그것을 들고 한 모금 들이켰다.

"향이 매우 좋군요."

"온도가 높으면 마치 차처럼 변하는데, 난 그게 좋소. 악존 형주님은 싫어하시지만."

그 말에 악존도 술잔을 들더니 말했다.

"썩 못 먹을 정돈 아니다."

그렇게 말한 그는 그것을 단숨에 들이켰다.

탁 하고 술잔을 내려놓은 그가 흠진에게 말했다.

"굳이 내가 필요하지 않다면 난 내려가 잠이나 자겠다."

"뜻대로 하십시오, 형주님."

"축시 전엔 대화를 끝내야 할 것이다."

악존은 바로 일어나더니, 운정을 보지도 않고 방 밖으로 나가 버렸다.

운정은 그가 사라지는 것을 보다가 툭 하니 흠진에게 물었다.

"천살가, 아니, 혈교에서 제게 볼일이 있습니까?"

흠진은 고개를 끄덕였다.

"교내 여론이 혈교와의 전쟁으로 쏠리고 있는 것을 알 것이오. 그래서 지금 난 꽤나 복잡한 상황에 처해 있소. 아니, 천마신교 낙양본부 내에 있는 모든 천살성들이 복잡한 상황에 처하게 되었지."

운정이 물었다.

"천마신교와 혈교, 이 둘은 정확하게 어떻게 된 겁니까? 과거의 일을 모르다 보니 이해하기 조금 어렵습니다."

흠진은 다시금 술잔을 들고 한 모금 마시더니 말했다.

"천마신교에는 본래 천마오가라는 구분된 가문이 있었소. 이들은 천마 사조의 다섯 제자로부터 시작되었는데, 그중 고괘라는 분이 우리 천살가의 시조가 되시오. 천살가는 천살가만의 특징이 있었는데, 핏줄이 아니라 천살지체를 타고나는 이들을 양자로 삼아 가문을 유지한다는 점이오. 또한 마공도 천살지체에 맞는 특수한 혈공을 익히고. 그러다 보니 확실히 다른 천마오가와는 그 궤가 달라도 너무 달랐지. 그 특이성 때문인지, 천살가는 모든 인원이 교주에게 충성할 수밖에 없는 정신적인 금제를 받아야 했고 또 그 때문에 호법원은 오로지 천살가의 인물들로만 이뤄졌소."

"……."

"아무튼 본래의 이야기로 돌아가자면, 무공마제 혈적현 교주가 등극할 당시 천살가에서 도움을 주었소. 그리고 그 대가로 천마신교로부터 독립하는 것을 약속받았지. 이는 심검마선께서 직접 주선한 것으로, 당시 불만이 많았던 정통마인들도 감히 반기를 들지 못했소. 천살가 내부에서도 개혁이 이뤄져 독립에 찬성하는 이들만 살아남았지."

"……."

"하지만 당시 천살가에 있지 않고, 천마신교에 있었던, 그러니까 천마신교에 충성하던 천살성들이 꽤 남아 있었소. 나나 악존 형주님이 그중 하나지. 우리는 천마신교에 남기로 했소. 그러나 마음은 혈교에 있기에, 그 둘 사이의 중재자 역할을 하기로 했지. 그동안 심검마선이라는 존재 아래에서 천마신교와 혈교는 꽤나 우호적인 관계를 맺어 왔기 때문에 큰 문제는 없었소."

"……."

"하지만 이 모든 건 심검마선이 사라지면서 급변하기 시작했소. 특히 천마신교 내에 천살성 고수들이 많이 죽고 또 그 대표라고 할 수 있는 내가 일대일 생사혈전에서 크게 패배하면서, 중간 다리 역할을 해 줘야 하는 천살성들의 입지가 많이 줄어 문제가 수면 위로 올라오게 되었지. 혈교를 다시 천마신교 아래 굴복시켜야 한다는 움직임이 말이오."

이계에서 죽은 호법원 고수들.

일대일 생사혈전에서 패배한 흠진.

모두 운정과 연관이 있었다.

운정이 말했다.

"일이 그렇게 흘러가게 되어 유감입니다."

"운정 도사로 인한 일이긴 하지만, 운정 도사의 책임은 아니지. 내가 억지 부리려고 운정 도사를 부른 것이 아니오."

운정은 단도직입적으로 물었다.

"그럼 왜 저를 부르신 겁니까?"

흠진이 다시 술잔을 들어 모든 술을 한 번에 마시고는 말했다.

"운정 도사도 이계에 신무당파를 설립했다는 사실을 알고 있소. 그리고 그를 천마신교에서 독립시켜 독자적인 세력을 구축하려 한다는 것 또한 알고 있소. 그러니 지금 혈교에게 일어나는 일이 운정 도사에게 완전히 남 일은 아니라 생각하오. 서로의 이해관계가 맞을 수도 있겠다는 생각이 들었소."

"……."

운정은 말없이 더욱 깊어진 눈빛으로 흠진을 바라보았다.

흠진은 그를 똑바로 마주하며 말을 이었다.

"나는 혈교가 독자적으로 천살성을 만들어 낼 수 있는 방도를 찾게 되어 독립하는 것을 꿈꾸오. 때문에 현 교주인 무공마제에게 마음을 다해 충성하는 것이오. 그는 천살가의 독립을 돕는 거의 유일한 교주일 테니까."

운정이 말했다.

"전 이미 혈적현 교주를 돕고 있습니다. 그 시작부터 함께 하고 있지요. 혈마석에 관한 부분도 저를 거치는 면이 많습니다. 그러니 이렇게 따로 자리를 마련해서 말씀하지 않으셔도 될 듯합니다만."

흠진이 말했다.

"그래서 하는 말이오. 일이 잘못 흘러갔을 때, 천살지체에 맞는 변형 혈마석을 따로 혈교에 가져다 달라는 제안을 하고 싶었소."

"일이 잘못 흘러갔을 때라 함은 어떤 때를 말씀하시는 겁니까?"

흠진은 조금 진중한 목소리로 대답했다.

"여러 일이 있을 수 있소. 혈적현 교주가 생각이 달라져서, 변형 혈마석으로 혈교를 부속시키려 할 수도 있지. 혹은 진마교 세력이 혈적현 교주를 죽이고 이를 취한 뒤, 같은 일을 벌일 수도 있소. 혹은 변형 혈마석에 더욱 강력한 금제를 넣어 천살성을 다시금 정신적인 지배 아래 두려고 만들려고 할 수도 있지. 뭐가 되었든, 혈교의 독립성에 해가 되도록 흘러갔다고 생각하면 될 듯하오."

운정 또한 반쯤 낮아진 목소리로 말했다.

"저로 인해서 혈교의 상황이 좋지 못하게 되었다는 것은, 아까도 말씀드렸다시피 유감입니다. 하지만 이는 흠진 대장로의 말대로 제 책임은 아닙니다. 따라서 제가 그 도움을 왜 드려야 하는지 모르겠습니다. 그저 세력 다툼일 뿐인 일에 대해서 말입니다."

흠진이 말했다.

"진마교는 혈교만 아니꼽게 생각하지 않소. 신무당파 또한 아니꼽게 생각할 것이오. 지금은 이계지부가 독자적으로 운영된다는 걸 잘 모르겠지만, 시간이 지나면 자연스레 알게 될 것이오. 그러면 신무당파는 혈교와 같은 길을 걷게 될 것이오. 그러니 우리는 똑같은 입장이라는 걸 말씀드리고 싶었소. 그래서 도와 달라는 것이고."

"말씀하신 것처럼 신무당파는 이계에 있습니다. 천마신교에서 신무당파를 그 아래 굴복시키려 한다면 차원이동을 해야 하는데, 이는 저쪽의 도움 없이는 극히 어려운 일입니다. 그러니 저희는 혈교만큼 위험하지는 않습니다."

흠진은 입을 다물었다.

그의 몸에선 은은한 살기가 나왔는데, 이를 보고도 운정의 얼굴에는 아무런 변화도 없었다.

흠진은 잘 알았다.

운정이 마음만 먹으면 상대조차 되지 않는다는 사실을.

단순히 머리로 아는 것이 아니라 몸으로 직접 겪었었다.

그러니 그는 곧 스스로 살기를 거둘 수밖에 없었다.

천살성만큼 힘에 솔직한 자들은 없으니까.

"천살가에 특별히 요구하시는 것이 있소? 그렇다면 그걸 들어주겠소."

운정은 방긋 웃더니 말했다.

"몇 가지 묻고 싶은 것이 있을 따름입니다. 이에 대해서 솔직하게 답변해 주신다면, 협조를 고려하겠습니다."

흠진의 눈빛이 다시금 서늘해졌다.

"고려하겠다?"

"전 천살가에 아쉬운 것이 없습니다."

그는 운정을 빤히 바라보다가 툭 하니 말했다.

"확실히 바뀌셨소, 운정 도사."

운정은 미소를 유지한 채로 물었다.

"최근에 비슷한 제안을 마조대 낙양단주에게 받은 적이 있습니다. 확실히 받은 건 아니지만, 그런 인상이 있었지요. 혹시 그와도 연관이 있습니까?"

흠진은 고개를 저었다.

"그는 진마교의 인물이지. 그와는 오히려 적대하는 사이이오."

운정이 고개를 갸웃했다.

"지화추 단장이 진마교의 인물이라는 말입니까?"

흠진은 고개를 끄덕였다.

"그렇소. 애초에 마조대는 성음청 전전대 교주가 키운 세력으로, 그녀가 실각되고 나서는 천살가를 제외한 천마오가를 섬기고 있소. 그런 마조대의 핵심 인물이니 그가 진마교일 수밖에."

"이상하군요. 그럼 왜 진마교에서 당신과 똑같은 제안을 한다는 겁니까?"

흠진은 눈초리를 모으더니 말했다.

"진마교에서 말이오? 진마교에서도 신무당파의 독립을 도와주겠다고 했소?"

"그런 말을 한 것은 아니지만, 이해관계가 맞다고 했습니다."

"……."

흠진이 생각에 잠기자, 운정이 나지막하게 말했다.

"제가 보기엔 그들의 목적은 단순히 혈교를 굴복시키는 것이 아닌 듯합니다. 그들의 본취지인 본래 전통적인 천마신교의 모습으로 돌아가자는 것이겠지요. 그러니 그들의 입장에선 백도에서 온 저나 나지오 부교주 혹은 정통마공을 익히지 않은 혈적현 교주나 어쩌면 심검마선까지도 배척하려 하는지 모르겠습니다."

흠진은 고개를 서서히 끄덕였다.

"새로운 정보로군. 나는 진마교가 분명 천살가를 부속시키고, 중원 진출을 꿈꾸며, 이계에 세워진 신무당파의 존재까지도 용인하지 않으리라 생각했소만."

"그들 안에도 많은 이견들이 있겠지요. 아무튼 양쪽 진영 중 어느 쪽을 선택하든, 신무당파의 입장에선 큰 상관이 없습니다. 양쪽 다 신무당파에는 관심이 없으니까요."

흠진은 고개를 저었다.

"그렇지 않소. 지화추 단장이 말은 그렇게 했을지 몰라도, 모든 것이 정리되고 나면 필히 신무당파를 다시 굴복시키려 들 것이오. 그런 걸 놔둘 진마교가 아니지."

운정은 자리에서 일어나며 말했다.

"아무튼. 제 마음을 돌리시려면 더 좋은 제안을 가져와야 할 것입니다."

운정이 몸을 돌리자, 흠진은 몇 번이고 망설이다가 이내 말을 꺼냈다.

"잠시. 혹 혈교주를 만나 볼 생각이 있으시오?"

운정이 고개를 돌렸다.

"혈교의 교주 말입니까?"

흠진은 고개를 끄덕였다.

"다음번에 중원에 언제 오시오? 시일을 잡고 싶소."

"죄송하지만 약속드릴 수가 없습니다. 아예 안 올 수도 있으니까요."

"······."

"그럼 이만 돌아가 보겠습니다."

운정이 막 창문으로 나가려는데, 흠진이 다급하게 말했다.

"은밀히 낙양으로 모셔 두겠소. 그러니 언제고 중원으로 돌아오게 되면, 그때, 한번 만나 주었으면 하오."

운정은 막 경공을 펼치기 전 마지막 말을 남겼다.

"뜻대로 하십시오. 하지만 오늘은 아무것도 약조하지 않겠습니다."

운정이 사라지자, 흠진은 자리에서 일어났다.

그리고 창문가로 가서 운정의 뒷모습을 좇았다.

하지만 그가 내려다봤을 때, 운정은 이미 자취를 감춘 뒤였다.

*   *   *

다음 날 아침 묘시.

운정과 제갈극 그리고 혈적현 및 몇몇 호법원 고수들은 낙양 한쪽에 있는 공터에 나와 있었다. 호법원 고수들 중에는 악존도 있었는데, 그는 운정에게 눈길 한 번 주지 않았다.

그렇게 기다리기를 대략 일다경.

공터의 한 공간이 서서히 일그러지기 시작하더니, 그곳에서부터 오색찬란한 빛이 흘러나오기 시작했다.

운정은 제갈극과 혈적현을 보며 말했다.

"차원의 균열이 열리나 봅니다."

제갈극도 혈적현을 보며 말했다.

"다녀오겠느니라."

혈적현은 고개를 끄덕였다.

"요즘과 같은 때에 보내기 싫지만, 어쩔 수 없지. 다녀와라."

제갈극은 비장한 표정으로 고개를 한 번 끄덕여 보이곤 운정을 향해 고개를 돌렸다.

운정은 빛이 나는 쪽을 손바닥으로 가리켰다.

"저쪽으로 걸어가 서 계시면 됩니다."

"너는?"

"전 마나를 아끼기 위해서 저만의 방법으로 갈 생각입니다."

"……"

"걱정 마십시오."

제갈극은 헛기침을 하더니 말했다.

"본좌가 무슨 걱정을 했다고."

그렇게 투덜거린 그는 성큼성큼 오색 빛을 향해 걸어갔다.

그리고 어느 순간 그의 모습이 그 빛과 함께 완전히 사라져 버렸다.

이를 확인한 운정은 혈적현에게 말했다.

"그럼 저도 가 보겠습니다."

혈적현이 그에게 물었다.

"전부터 묻고 싶긴 했지만, 확실히 운정 도사는 차원이동이 쉬운 것 같다."

"저만이 사용할 수 있는 모종의 방법이 있습니다. 축복이라는 원리인데 마법과는 또 다른 것입니다."

혈적현이 물었다.

"이번엔 언제쯤 돌아오실 예정이지?"

"잘 모르겠습니다."

"……."

"델라이에서 약조한 마나스톤은 우선적으로 제갈극을 통해 보내질 예정입니다."

혈적현은 천천히 그에게 걸어왔다.

그는 차디찬 의수를 들어 그의 오른쪽 어깨에 올리며 말했다.

"중원은 언제고 그대의 도움이 필요할지 모른다. 나지오 부교주의 말을 기억해 두었으면 좋겠다."

"……."

"그럼 가지."

혈적현은 그길로 호법원 고수들과 함께 본부로 떠났다.

운정은 그들이 완전히 사라진 것을 보고는 하늘을 올려다 보았다.

"후우, 좋아."

그는 손을 모았다. 그리고 레드 마나스톤을 꺼내 그 안에 든 좌표 정보에 심력을 쏟으면서 공간이동 주문을 영창해 보았다.

오랜 시간이 걸리고 그가 외쳤다.

[텔레포트(Teleport).]

그의 몸이 그 공터에서 사라짐과 동시에 카이랄 중심에서 나타났다.

핑 돌아가는 시야에 운정은 얼른 중심을 잡고 내력을 운용했다. 그러자 금세 회복되며 그 자리에 설 수 있었다.

"역시 중원에서도 카이랄로 공간이동이 가능하군. 여기선 설치된 공간마법진으로 이동하는 게 편하겠어."

운정은 카이랄 중심 나무에서 나갔다. 그리고 HDMMC가 설치된 네 곳 중 하나를 보았다. 그곳은 누군가에 의해 쓰이고 있었다.

운정이 천천히 그곳을 향해 가자, 마나의 파동이 점차 잦아들었다. HDMMC를 사용하는 자가 운정의 기척을 느끼고 서서히 갈무리하는 듯했다. 운정이 거의 다 왔을 쯤에 한 사람이 그 안에서 나왔다.

네크로멘시 학파의 새로운 마스터인 알테시스였다.

"역시 운정 도사님이셨군요."

알테시스는 공손히 인사했다.

운정도 포권을 취했다.

"새로운 곳에 자리를 잡았다 들었습니다만, 어떻게 되고 있습니까?"

알테시스가 대답했다.

"다른 세 제자들이 워낙 저를 잘 따라 주어서 순조롭게 일이 진행되고 있습니다. 그리고 보니 델로스에 신무당파가 개파했다는 소식을 들었습니다. 공개적으로 제자도 받았다고."

"마법사로 치면 견습 정도입니다. 정식제자가 되기 위해선 자기 자신들을 증명해야 하지요."

"그렇군요. 저희도 준비만 할 것이 아니라 슬슬 제자를 받아야겠습니다. 새롭게 제자가 된 이들의 생각도 고려해서 네크로멘시 학파의 새로운 강령을 세워야겠습니다."

"좋은 생각이십니다. 네크로멘시 학파가 공존의 길을 선택한 만큼 그 안에 해결해야 하는 크고 작은 모순들이 있을 것입니다. 많은 이들의 생각을 들으면 들을수록 좋지요."

알테시스는 눈길을 아래로 내렸다가 다시 운정을 보았다.

"저, 그런 의미에서 한 가지 부탁이 있습니다."

운정은 그의 표정을 보곤, 그가 사실 이 부탁을 하기 위해서 카이랄에 있었다는 것을 알 수 있었다. 그러니 운정이 HDMMC에 다가가자 바로 나온 것이다.

운정이 말했다.

"말씀해 보십시오."

알테시스 잠시 뜸을 들인 뒤에 말했다.

"저희와 연합을 해 주셨으면 합니다."

"연합?"

알테시스는 고개를 끄덕였다.

"네크로멘시 학파는 부활 마법 때문에 빛의 보호를 받을 수 없습니다. 그래서 저희 스스로의 힘으로 살아남아야 하는데… 사실 어둠은 약육강식의 세계라서 말입니다. 고작 네 명의 마법사, 그것도 아직 그랜드위저드가 되지 못한 제가 마스터로 있는 네크로멘시 학파는 언제 다른 어둠에 의해 멸망해도 이상하지 않은 수준입니다. 때문에 신무당파와 같은 강력한 문파가 저희와 함께한다는 것이 알려지면, 저희의 생존권이 보장받을 수 있으리라 생각합니다."

운정은 그의 눈을 마주 보며 말했다.

"어렵지는 않습니다. 다만 그렇게 될 경우, 네크로멘시 학파 또한 신무당파를 도와야 할 것입니다. 그리고 신무당파 또한 네크로멘시 학파보다 위험성이 뒤쳐지진 않을 겁니다. 신무당파와 연합하신다면 새로운 위험성을 더 떠안으시려는 꼴이 될 것입니다."

알테시스는 조용한 목소리로 말했다.

"물론 일방적인 도움을 바라는 것이 아닙니다. 그건 이미 충분히 받을 만큼 받았지요. 제가 원하는 것은 서로를 돕는 것입니다."

"구체적으로 어떤 도움을 주고받고 싶습니까?"

알테시스는 목을 가다듬고는 말했다.

"운정 도사님과 저와의 관계는 사실 제가 그랜드위저드가 될 때까지 HDMMC를 사용하는 것까지였지요. 하지만 이를 더 확장하여, 저를 포함한 네 학생들이 모두 그랜드위저드가 될 때까지 HDMMC를 제공해 주십시오. 만약 그렇게 해 주신다면, 이후 신무당파에서 마법적인 도움을 요구할 때, 그 어떠한 조건도 따지지 않고 들어드리겠습니다."

"……"

"스페라 백작께서 신무당파에 있는 것은 압니다. 하지만 그녀의 마법은 대부분 전투적인 부분에 치중되어 있습니다. 좋아하는 마법만 깊게 익힌 경우이지요. 하지만 마법사는 본래 많고 다양한 마법을 익힙니다. 특히나 저희 네 명의 학생들은 네크로멘시 학파의 독립을 위해서 특별히 마스터 멕튜어스에게 가르침을 받았습니다. 그러니 저희가 도와드릴 부분들이 확실히 많을 줄 믿습니다."

운정이 물었다.

"하나만 물어보고 싶습니다. 네크로멘시 학파는 이후 어떤 시체를 패밀리어로 삼을 수 있다 규정하실 겁니까?"

알테시스는 이미 대답이 준비되어 있는 듯, 즉시 대답했다.

"중원에는 생강시가 있지요. 살아 있지만 시체와도 같은 생강시 말입니다. 이는 시체가 가진 다양한 이점과 생물이 가진 다양한 이점을 고루 가지고 있습니다. 하지만 생강시가 자기 자신의 의사를 가지고 있다는 점이 가장 큰 문제이지요."

"……"

"과거 미내로 그랜드마스터께서는 이 생강시에 관한 연구를 깊게 하신 적이 있습니다. 이에 남은 자료들을 토대로 저희가 따로 연구해 본 결과, 생강시가 되는 그 본인이 스스로 생강시가 되는 것에 동의하고 또 부활 마법을 온전히 받아들인다면, 시체로 만든 어떠한 패밀리어보다 강력한 패밀리어가 될 것입니다. 자율적인 유대 관계가 형성됨으로, 고등한 사고가 가능하기 때문이지요."

"……"

"그러니 앞으로 네크로멘시 학파의 학생들이 패밀리어

로 삼을 때엔, 그 당사자의 동의를 구하도록 할 것입니다. 아니, 그렇게 해야지만 생강시의 위력을 높게 끌어 올릴 수 있으니, 그렇게 하게 될 것입니다. 서로의 동의 아래 계약을 맺어야만 강력한 패밀리어가 탄생하니까요."

운정은 고개를 끄덕이며 말했다.

"무와 협을 묶으셨군요."

알테시스가 미소를 지었다.

"신무당파의 방법에서 힌트를 얻었습니다."

운정은 눈을 살짝 감으며 말했다.

"흐음, 신무당파의 기준으로 생각했을 때, 당사자들의 동의를 구한다면 크게 문제 될 것은 없을 것입니다. 네크로멘시 학파가 그 기준을 지키고 또 그것을 제자들에게 강제할 만한 자정 능력이 있다면, 앞으로 신무당파와 반목할 일은 없을 겁니다."

"그럼 저희와 연합을 해 주시는 겁니까?"

운정이 대답했다.

"사실 저 또한 부탁드릴 일이 있긴 했습니다. 그 부탁까지 들어주신다면, 연합하는 즉시 이를 파인랜드 전체에 공개함으로써 네크로멘시 학파의 생존을 보장하겠습니다."

알테시스가 환하게 웃었다.

이보다 더 확실한 보호는 없었기 때문이다.

"어떤 부탁이십니까?"

"중원에서 태학공자 제갈극이 델라이에 왔습니다. 로스부룩과 비견될 정도로 천재성을 타고난 인물인데 제가 알기론 전에 중원에 계실 때 만나 보신 걸로 알고 있습니다만."

알테시스는 여러 번 고개를 끄덕였다.

"알고말고요. 지금까지 그만한 지혜를 지닌 사람은 본 적이 없습니다."

"그때 왜 그와 함께 부활 마법에 대해서 연구하시지 않으셨습니까? 그는 지금 그것을 시전하여 네크로멘시 학파에서 소환했던 마족을 다시 되돌리려고 하고 있습니다. 그런데 큰 벽에 가로막힌 듯 보입니다."

알테시스가 고개를 갸웃하며 운정에게 물었다.

"혹 생각이 바뀌셔서 무당산의 정기를 되찾고자 하시는 겁니까?"

운정은 고개를 저었다.

"무당파를 재건할지, 아니면 저만의 신무당파를 개파할지… 그 둘 사이에서 오랜 고민이 있었습니다만, 전 이미 제 마음을 정했습니다. 때문에 무당산의 정기가 돌아오지 않더라도 전 개의치 않습니다."

알테시스는 턱을 쓸었다.

"흐음, 그러면 왜 제가 그에게 도움을 주시길 바라십니까?

그로 인하여서 운정 도사께서 얻는 것은 무엇입니까?"

운정은 그 질문에 선뜻 대답하지 못했다.

무당산의 정기가 아니라면 왜 제갈극을 돕는가?

운정은 생각을 정리하며 말했다.

"제가 얻는 이득은 사실 크게 없습니다. 그로 인하여서 신무당파가 강성해지거나 혹은 제 힘이 늘어나는 것도 아니니까요. 사실 모른 척할 수도 있습니다. 제 일이 아니라 방관하거나 무시할 수 있습니다. 그 일들에 대해서 자세히 설명드릴 순 없지만, 그것들이 꼭 제 책임이라고도 할 수도 없지요."

"……."

"다만 중원을 등지는 만큼, 모든 것이 깨끗했으면 합니다. 그래서 저로 인해 벌어졌던 일들이 모두 매듭지어졌으면 합니다. 그리고……."

"그리고?"

운정은 나지오의 목소리가 들리는 듯했다.

"그로 인해서 심검마선이 돌아오게 된다면, 이후 생길 많은 갈등들이 해결될 것입니다. 그의 부재로 일어난 갈등만 봐도 이미 그 사실을 증명하고 있으니까요. 공존을 최고선으로 정한 신무당파의 개파조사로서 그것은 마땅히 적극적으로 도와야 할 일이라 생각합니다."

알테시스는 그를 묘한 눈길로 바라보다가 말했다.

"뚜렷한 목표를 가진 것만큼 부러운 것도 없군요. 한때 네크로멘시 학파도 죽음을 넘고자 하는 뚜렷한 목표가 있었지요. 그 염원을 담아, 부활 마법을 리인카네이션(Reincarnation)이라고 명명했지요. 뭐든 그 본질을 잃어버리면 결국 타락하게 되는 것 같습니다. 이 또한 깨닫게 되니 운정 도사께 감사할 수밖에 없군요."

"아닙니다."

알테시스는 미소 지으며 말했다.

"좋습니다. 태학공자에게 다시금 도움을 드리도록 하겠습니다. 소개시켜 주십시오."

운정도 그를 마주 보며 웃었다.

*   *   *

운정은 중앙의 공간마법진을 이용해서 신무당파로 왔다. 그 사이를 연결하는 공간마법진은 스페라가 직접 설치한 것으로 정식제자만이 사용할 수 있는 것이다.

그가 연무장 쪽으로 나오자, 열심히 무공을 수련하고 있는 여섯 명의 사람을 볼 수 있었다. 머혼가의 차녀인 아시스와 흑기사 다섯이었다.

그들은 운정이 나타난 것을 보곤 하나둘씩 다들 공손한 자세로 섰다. 하지만 아직 어색한 것은 사실이라, 다들 눈치만 살필 뿐이었다. 그도 그럴 것이 보름 전, 속가제자로 들어온 이래 운정은 그들을 철저하게 제자로 대해 왔다.

운정이 그들을 향해서 물었다.

"지금 시각이 어떻게 되느냐?"

아시스가 대표로 대답했다.

"여섯 시가 조금 넘었습니다, 마스터."

운정은 고개를 끄덕이며 장하다는 듯 말했다.

"무공을 익히는 시간은 2시부터 4시 사이로 알고 있는데, 지금까지 남아서 무공을 익히고 있었던 것이냐?"

그들은 서로를 보고는 고개를 끄덕였다.

운정은 속가제자로 들어온 이들 중에 가장 열심인 그 여섯을 익히 알았다. 그들은 단 한 번도 시간을 빼먹지 않았고, 때때로는 이렇게 늦게까지 남아 연마했다.

특히 아시스는 거의 하루 반나절을 신무당파에서 보냈는데, 이는 흑기사들조차도 따라갈 수 없는 수준의 열심이었다.

운정이 말했다.

"잘하고 있구나. 이렇게 열심히 무공을 익히다 보면 언젠가 정식제자가 될 수 있을 것이다."

그런데 한 흑기사가 운정에게 말했다.

"마스터, 궁금한 것이 있는데 여쭈어도 되겠습니까?"

"얼마든지."

"외공은 어느 정도 이해가 갑니다. 파인랜드의 무술과 비슷한 면이 있으니까요. 하지만 그중에는 정말 이해가 가지 않는 동작들이 있습니다. 게다가 내공에 경우에는, 솔직히 몸에 내력이라는 것이 전혀 쌓이지 않는 것 같습니다."

"두 가지 질문이구나. 우선 첫 번째부터. 어떤 부분이 그렇게 느껴졌느냐?"

그 흑기사는 다른 흑기사와 아시스를 보다가, 곧 앞으로 한 발자국 나와 태극검법의 한 초식을 보여 주었다. 그것을 바라보는 다른 이들도 모르겠다는 표정을 짓는 것을 보니, 다들 같은 의문이 있는 듯했다.

운정은 그들 앞에 서더니 말했다.

"그 동작은 분명 불필요해 보인다. 하지만 내력이 있다면 달라진다. 바로 이런 식으로."

운정은 영령혈검을 앞으로 잡고 태극검법을 펼치되, 내력을 담아 펼쳐 냈다. 그러자 같은 초식을 펼치면서도 엄청난 차이가 일어났다.

모든 이들은 그것을 보고 입이 살짝 벌어졌다.

아시스가 말했다.

"그, 그런 움직임은 불가능해요. 발끝으로 무게 중심을 잡다니……."

운정은 영령혈검을 등에 두며 말했다.

"가능하다. 내력을 쓸 줄 안다면."

"……."

운정이 그들 전부를 향해서 말했다.

"두 번째 질문에 이어서 대답하자면, 마나가 희박한 파인 랜드에선 당연히 내력을 많이 쌓을 수 없다. 하지만 그렇다고 해서 기혈을 뚫지 못하는 것은 아니다. 신무당파의 무공은 오랜 역사를 지닌 무당파의 그것으로 단순히 꾸준히 연공하는 것만으로 내력이 오갈 수 있는 기혈이 몸에 절로 생긴다. 그러니 당장 결과가 없더라도 꾸준히 해내기만 한다면, 몸 안에 흐르는 마나, 즉 내력을 느낄 수 있게 될 것이다."

그러자 한 흑기사가 물었다.

"얼마나 걸리겠습니까?"

운정이 말했다.

"자질에 따라 다르다. 본래 정공은 자질에 영향을 크게 받지. 자질이 좋다면 일 년 안에도 가능하고, 자질이 안 된다면 십 년 안에도 어렵다. 하지만 너희들의 자질은 보통 사람의 수준을 월등히 뛰어넘으니, 내 예상보다도 더욱 일찍 내력을 느낄 수 있을 수도 있다."

"일여 년이라……."

몇몇은 얼굴빛이 어두워졌지만, 몇몇은 오히려 밝아졌다.

일 년이라는 시간이 모두에게 다르게 느껴지는 모양이다.

아시스가 물었다.

"하지만 시아스 언니는 금세 익히지 않았습니까?"

운정이 대답했다.

"그녀는 특수한 경우였다. 거의 죽음에 가까웠었지. 생명을 걸고 거듭나게 된 것이다. 하지만 다시는 그러한 방법으로 제자를 기를 생각이 없다. 너무나 위험한 방법이니까."

"……."

"같은 무공을 반복적으로 익히는 것이 괴로운 것은 사실이다. 특히나 내력을 쌓기 힘든 파인랜드에선 더욱 힘들 수밖에 없다. 하지만 이에 관한 방도를 차차 마련하고 있으니, 일단은 나를 믿고 무공에 정진하라."

모두가 동시에 대답했다.

"예, 마스터."

"예, 마스터."

"예, 마스터."

운정은 고개를 끄덕여 보이더니, 그들을 지나쳐서 신무당파 건물 밖으로 나갔다. 막 경공을 펼치려는데, 뒤에서 아시스가 따라왔다.

"마스터."

"무슨 일이냐?"

"혹 황궁으로 향하시나요?"

"그렇다, 왜 그러느냐?"

아시스는 맑게 웃으며 말했다.

"저도 같이 가요. 군부의 일을 마무리해야 해서."

그녀는 묶은 금발 머리를 풀더니, 저녁 바람에 날리며 식혔다.

운정은 짧게 고민했다. 그녀와 함께 간다면 늦을 수밖에 없기 때문이다. 하지만 제갈극에게 큰일이 일어나지 않으리라 생각하고는 고개를 끄덕였다.

"좋다. 이렇게 된 김에 경공을 연공해 보자."

아시스는 고개를 끄덕였지만, 얼굴을 조금 찡그렸다.

"익히긴 했지만 그렇게 달린다고 해서 전혀 빨라지진 않았습니다."

"한 번쯤 경공을 제대로 경험해 보는 것도 좋겠지. 내가 등 뒤에 손을 얹고 내력을 불어넣어 줄 테니, 한번 시아스가 가르쳐 준 대로 달려 보도록 해라."

그렇게 말한 운정은 아시스의 뒤로 갔다. 그리고 검지와 중지를 뻗어 그녀의 허리춤에 두었다. 그렇게 천천히 내력을 불어넣으면서 경공을 펼치기 시작했는데, 아시스는 몇 번 뒤뚱거리더니 곧잘 경공을 펼치기 시작했다.

점차 선으로 변해 가는 주변 환경에 아시스가 입을 벌리며 놀라자, 운정이 말했다.

"심호흡을 해라. 숨을 쉬어야 해."

그 말을 듣고서야 아시스는 숨을 쉬기 시작했다.

"후아, 후아, 너, 너무. 너무 빨라요. 이, 이렇게 달릴 수 있다니."

"네 자질이 뛰어나긴 하구나. 내력을 받는 그 즉시 다리로 돌려서 경공을 펼치다니. 이 정도면 현천보 3성 정도의 성취라고 할 수 있겠어."

"후아, 후우, 이게, 제가 지금 하고 있는 게. 맞죠?"

"그래, 잘하고 있다. 내력을 더 사용하면 더 빠르게 달릴 수 있겠지만, 일단은 안정적으로 펼치는 것에 집중해 보도록 하자."

아시스는 표정을 굳히고는 등 뒤로 들어오는 내력을 최대한 느꼈다. 그리고 시아스가 가르쳐 준 현천보의 구결을 기억하며 온 마음을 담아 한 걸음씩 내디뎠다.

그러자 마음이 차분해지면서 오히려 걷는 것보다 더욱 편안한 상태에 이르렀다.

"잘하고 있구나. 이 느낌을 계속해서 기억해야 한다. 이것이 내력이며 이것이 흐르는 그 길이 기혈이다."

아시스는 고개를 끄덕였다.

"마치 침대에 누워 있는 것처럼 편안해요."

"네가 잘하고 있기 때문이다."

그렇게 달리자, 얼마 지나지 않아 델로스 성문이 저 멀리서 보이기 시작했다.

아시스가 문득 운정에게 물었다.

"운정 도사님께서는 앞으로 신무당파를 어떻게 꾸리실 생각인가요?"

운정이 그녀를 내려다보았다.

그녀의 눈빛은 청아하면서도 강했다.

운정이 대답했다.

"질문의 저의가 무엇이냐?"

아시스가 운정의 눈길을 피하지 않으며 말했다.

"델라이 안에서 공식적으로 개파하셨으니, 델라이의 권력과 유대 관계를 맺을 수밖에 없을 텐데요. 하지만 신무당파의 선언문을 보면, 이 신무당파는 범국가적인 목적을 가지고 있지요."

운정은 그녀의 눈빛이 전과는 조금 다르다는 것을 깨달았다.

역시 그 아버지의 그 딸이랄까?

머혼의 그것을 닮아 있었다.

"네 속내를 솔직히 말하라, 아시스."

운정의 냉정한 말에도 아시스는 전과 동일한 표정이었다.

그녀는 나지막하게 말했다.

"신무당파의 뜻을 관철시킬 수 있는 사람이 델라이의 머리가 되지 않는다면, 앞으로 신무당파의 앞날을 장담하실 수는 없을 거예요. 그러니, 그 부분에 대해서 꼭 깊이 생각해 보시라는 말씀을 드리고 싶었어요."

그렇게 말한 그녀는 즉시 고개를 앞으로 돌리고는 서서히 속도를 늦췄다.

운정도 그에 맞춰서 속도를 늦출 수밖에 없었다.

이후 그녀는 성문을 지나 수도의 거리를 걸어 델라이 왕궁에 도착할 때까지, 오로지 무공에 관련된 질문만을 쏟아냈다. 운정은 친절하게 자신이 아는 모든 것을 설명해 주었다.

왕궁 내 복도에서 그녀가 운정에게 인사했다.

"아버지를 뵈러 가시겠지요. 저는 제 일을 하러 가 보겠어요."

"아, 군부에서 일한다고 했었지. 혹 무슨 일을 하느냐?"

아시스는 맑게 미소 지으며 말했다.

"아마 곧 아시게 될 거라 생각해요."

그녀는 그렇게 말한 뒤, 몸을 돌려 걸어 나갔다. 그 와중에 그녀의 걸음에는 현천보의 묘리가 은근히 내포되어 있었기에, 운정은 그녀가 습관적으로 현천보를 연습하고 있음을 알아챘다.

운정은 그녀의 뒷모습을 바라보며 중얼거렸다.

"전과는 달라졌어. 나도, 그녀도……."

운정도 몸을 돌려 머혼의 집무실로 갔다. 하지만 시녀는 그가 병동에 있다고 알려 주었고, 때문에 운정은 다시 그곳으로 향했다.

병동의 문을 열고 들어가자, 그곳에는 머혼과 스페라 그리고 알비온 등 많은 사람들이 있었다. 그리고 그들이 둘러싸고 있는 침상에는 제갈극이 누워 있었다.

머혼이 말했다.

"운정 도사!"

운정은 천천히 걸어와, 제갈극의 옆에 섰다.

"차원이동의 여파로 인해서 기절했나 보군요. 혹 다른 이상이 있습니까?"

머혼이 고개를 저었다.

"우선은 단순 기절인 것 같습니다만. 일단 모두들 물러가라. 스페라 백작만 빼고."

그가 주변을 물리자, 많은 이들이 함께 병동 밖으로 나갔다.

머혼은 그들이 사라진 것을 확인하고는 운정에게 물었다.

"한 가지 확인하고자 묻는 것인데, 혹 천마신교에서 보낸 지원이 이 아이뿐입니까?"

운정은 대답했다.

"아이라고 하지만, 로스부룩과도 같은 천재성을 지닌 중원 최고의 술법가입니다."

"술법?"

"중원식 마법이라고 보시면 됩니다."

머혼은 눈썹을 모으더니 스페라를 돌아보았다.

"중원에도 마법이 있습니까?"

스페라는 어깨를 들썩였다.

"우리처럼 체계적이진 않지만 나름 재밌는 게 있긴 해."

머혼은 한숨을 푹 내쉬더니 운정을 돌아봤다.

"그러니까, 차원이동에 실패했거나 그런 건 아니라는 것이지요? 정말로 천마신교에서 보낸 지원이 이 아이 혼자라는 것이죠?"

운정은 고개를 끄덕였다.

"그렇습니다."

머혼은 한 손을 들어서 자신의 눈을 가리며 관자놀이를 짚었다.

그러고는 고개를 절레절레 흔들면서 말했다.

"운정 도사님, 최근 들어서 참으로 실망이 큽니다."

"……."

"군도에서 무슨 일이 있었습니까? 그래서 이러시는 겁니까? 도대체 무엇이 문제인지 잘 모르겠습니다. 언제나 깔끔하게 일을 처리하시던 분이 왜 갑자기 연달아 실수하시는지 그 이유를 알고자 합니다."

운정이 되물었다.

"실수가 아닙니다. 태학공자는 뛰어난 술법가이며, 이미 마법사이기도 합니다. 그가 전장에서 술법을 사용하면, 적국의 입장에선 손도 제대로 쓰지 못할 것입니다."

그 말에 머혼은 대놓고 얼굴에 노기를 띠었다.

"마법사라면 저희도 많지요! 예? 파인랜드에도 마법사는 많습니다. 하지만 아무리 강력한 마법이라도 노매직존 하나면 끝나 버리니 그게 문제 아닌 겁니까? 그래서 중원의 힘이 이곳에서 강력한 것이고요. 그런데 술법사이고 마법사면 뭐 합니까? 이런 어린아이가 전장에서 무슨 도움이 되겠습니까?"

운정이 대답했다.

"힘이 전부가 아닙니다. 그는 극히 지혜로운 사람입니다. 그의 가문은 그 지혜 하나만으로 중원의 한 성에서 수백 년간 군림했습니다. 그 안에서도 최고라 칭송을 받은 태학공자는 전쟁 그 자체에 큰 도움을 줄 수 있을 겁니다. 강력한 힘이 아니라면 그 지혜로 말입니다."

"……."

머혼은 아무 말 하지 않았지만, 속으로 부글부글 끓고 있는 것이 눈에 훤히 보였다.

운정은 이어 말했다.

"어차피 타국에서 활동하는 건 태학공자뿐 아닙니까?"

"그렇습니다."

"그것이 누가 되든 간에 전쟁을 막으면 되는 것 아닙니까?"

"그렇긴 합니다만, 최근 운정 도사께서 보여 주신 걸 봤을 땐, 그 일을 제대로 할 수 있을지 의문이 드는 것도 사실입니다."

"죄송하지만, 군도에서의 일은 제 권한을 벗어난 일입니다. 그 둘이 합의하여 이끌어낸 결투를 제가 대신할 순 없었습니다."

머혼의 얼굴이 완전히 일그러졌다.

그가 조금 높아진 언성으로 말했다.

"케네스 군도가 개국 선언을 하신 건 아십니까? 당신이 중원에 가 있는 사이에 그들이 개국을 선포했습니다! 이미 뒷배를 물색하고 있어요. 제국과 다른 사왕국이 모두 침을 흘리고 있는 상황입니다. 그러니 지금 운정 도사님처럼 나는 아무런 책임도 없다, 뭐 이딴 말로 끝날 상황이 아니라는 겁니다."

조용히 지켜보던 스페라가 말했다.

"적당히 해. 응? 지나간 일로."

마른세수를 한 머혼이 숨을 푸 하고 내쉰 뒤에, 운정을 지나쳐 걸으며 툭 하니 말했다.

"이 아이가 깨어나면 군부로 가십시오. 거기서 할 일을 알려 줄 겁니다."

그는 그렇게 병동을 나가 버렸다.

쿵.

문이 닫히자, 스페라가 그 문 쪽을 빤히 바라보더니 툭 하니 말했다.

"결국 머혼도 사람인가? 되게 재미없어졌네."

그 순간 운정의 머리를 스쳐 지나가는 말이 있었다.

"언제고 자기한테 이득이 되지 않거나 흥미가 떨어지는 날이 오면, 누구보다도 차갑고 누구보다도 냉정하게 신무당파를

떠날 겁니다."

운정은 그녀의 얼굴을 바라보다가 물었다.

"사실 지금까지 물어보지 않았습니다만, 알고 싶었던 것이 있습니다."

"응? 뭔데?"

"머혼 섭정과 스페라 백작님의 관계는 어떻게 시작된 것입니까?"

스페라는 한쪽 입꼬리를 올렸다.

"우리 마스터가 갑자기 그게 왜 궁금해졌을까?"

"대답하기 곤란하시다면 말씀하지 않으셔도 됩니다."

운정이 고개를 숙이고 손을 뻗어 제갈극의 몸에 내력을 불어넣으려는데, 스페라가 금세 그에게 다가와서 그 손을 양손으로 턱 잡았다.

"말해 줄게. 말해 주면 되잖아? 응? 갑자기 그렇게 쌩하게 굴고 그래?"

운정은 옅은 미소를 지으며 그녀를 보았다.

"아닙니다. 실례가 된다면 제가 더 싫습니다."

스페라는 고개를 저었다.

"그런 거 전혀 없어. 그냥 오래전 이야기라 말하기 꺼려져서 그래."

운정은 미소를 유지하며 부드럽게 말했다.

"걱정하지 마십시오. 스페라 백작의 나이는 제게 아무런 상관이 없습니다."

"……."

"정말입니다."

스페라는 운정의 눈을 마주 보지 못하고 여러 번 회피하더니 곧 나지막하게 말했다.

"좀 옛날이야. 얼마나 전인지는 묻지 말고. 절대 안 알려 줄거니까. 아무튼, 옛날에 일이 있어서 그쪽을 지나가고 있었거든. 머혼 대공이 사는 그 저택 말이야."

"예."

"거기 주변 숲에서 머혼을 처음 만났지. 상처투성이에 칼도 한 대여섯 개나 박혀 있는 채로 말이야. 사정을 들어 보니 습격을 당했다고 하더라고. 암살자들을 자기 손으로 다 털어 내고 도주하고 있었다고 했어. 하지만 그 꼴을 보면 오래는 못갈 것 같았지."

"……."

"그가 나한테 제안을 했어. 만약 자기를 도와준다면 머혼가문에 존재하는 그 무엇이든 하나를 꼭 주겠다고. 그때만 해도 머혼가의 위엄은 천년제국 황제의 그것과 맞먹을 정도였으니까. 그 말빨에 좀 혹해 가지고, 도와주기로 했지. 그러더니 진짜 다시 저택으로 돌아가서 어떻게 했는지 저택 전체에 노매직존을 꺼 버리더라니까? 그래서 뭐… 전부 깡그리 태워 버렸지. 그 후로 그가 델라이에 자리 잡을 수 있게 했어. 당시에 나는 델라이 수석 마법사 노릇을 했었거든. 왕가의 서재를 열람하는 조건으로다가."

"그때도 왕가의 서재 때문에 델라이에 계셨었군요."

"응, 당시 왕이 아주 찔끔찔끔 보여 줘서. 진짜 밀고 당기기를 너무 잘했어. 지금이야 집처럼 거기서 살면서 책들을 보니까 솔직히 크게 감흥도 없지만 당시에는 뭔가 이해할 것 같으면 갑자기 서재 문을 닫아 버리고 하면서, 아주 날 가지고 놀았지. 아쉬운 건 나였으니까."

"아하."

"아무튼 델라이 왕한테 부탁해서 머혼을 끌어들인 거야. 그러고는 지금까지 이어진 거지 뭐."

"흐음, 그렇군요."

운정은 고개를 느리게 끄덕이면서 땅으로 시선을 내렸다.

스페라의 눈빛이 조금씩 불안해졌다.

"왜애? 뭐?"

운정은 방긋 웃어 보이더니 말했다.

"아닙니다. 그와의 관계가 어떤지 알고 싶었던 것뿐입니다."

스페라는 양팔을 내저으며 말했다.

"난 네 편이야! 운정. 무조건 네 편! 그 군도에서의 일도 머혼한테 말 안 했잖아? 그거 보면 모르겠어?"

운정도 당황한 표정을 짓더니 말했다.

"아, 그런 의미가 아닙니다. 스페라 스승님을 의심하는 건 아니었습니다."

"그, 그래? 저, 정말이지?"

"예, 단지 그와 제가 반목하게 되면 스페라 스승님께서 곤란해지지 않을까 걱정이 돼서 말입니다."

스페라는 고개를 저었다.

"전혀, 난 도플갱어(Doppelganger)를 받은 대가로 충분히 많은 걸 지불했어."

"아, 도플갱어가 본래 머혼 대공가의 것이었습니까?"

스페라는 잠시 고민했지만, 곧 고개를 끄덕였다.

"더 세븐(The Seven) 중 하나이자, 모든 패밀리어 중 최고지. 모든 걸로 변하니까. 당시 머혼 대공가는 파인랜드 전역의 보물들을 다 가지고 있었지. 더 세븐도 도플갱어 말고 하나 더 있었으니까. 둘 중 뭘 가질까 했는데, 다른 더 세븐은 당시 머혼이 필요했어서… 그냥 도플갱어를 선택했지."

"그렇군요."

스페라는 팔을 들어서 머리 위에 두었다.

"아무튼 머혼과 나는 계약으로 관계를 맺었고 그 계약이 오래전 끝남에 따라 지금은 계약이 끝난 관계 그 이상도 이하도 아니야. 확실히 그는 어디서도 찾아보기 힘든 흥미로운 사람이라 관심 있게 지켜보고 있긴 했지만, 최근 들어서는 글쎄… 결국 그도 그냥 그런 인간인가 싶네."

"아마도 조급해져서 그런 게 아닌가 합니다."

"조급해졌다고? 왜?"

"그의 목적은 분명치 않습니다. 그도 그저 살아 있는 것이라고 했지요. 하지만 말은 그렇게 해도 분명 마음속으로 꿈꾸는 것이 있을 겁니다. 그리고 그것이 눈앞에 다가온 것이지요. 조금만 더 힘을 내면 그것을 얻을 수 있는데, 갑자기 방해가 생기고 하니, 점차 마음이 다급해지는 것이 아닌가 싶습니다."

"그가 원하는 게 뭔데? 왕이 되는 거?"

"그렇게 보여집니다만, 정확한 것은 모릅니다. 아무튼 현재 그가 이루고자 하는 것은 머혼가를 왕가로 만드는 것이겠지요. 그래서 케네스 군도에서 독립을 선포하고 왕국을 건립한다는 걸 참아 내지 못하는 것이 아닌가 합니다."

스페라는 입술을 쭉 내밀었다가 말했다.

"아, 흐음, 그러네. 그러고 보니 그 부분에서 갑자기 화를 냈지."

"지금까지 델라이가 전쟁의 위기에 처한 것은 그의 잘못이 아닙니다. 하지만 앞으로는 그의 책임일 수밖에 없습니다. 그가 자신의 욕심으로 인해서 대의를 저버린다면, 신무당파는 그와 함께할 수 없게 되겠지요."

스페라가 뭐라고 말하려는 그때, 갑자기 병동의 문이 살짝 열렸다.

그리고 그 사이로 얼굴을 내민 이는 다름 아닌 애들레이드 왕비였다.

"우, 운정 도사님, 호, 혹시 말씀 좀 잠깐 나눌 수 있을까요?"

그녀는 행여나 누군가 자기를 볼까 봐 극히 불안한 듯 보였다.

운정은 최대한 부드러운 미소를 지으면서 그녀에게 말했다.

"예, 말씀하십시오."

애들레이드는 스페라와 제갈극을 몇 번이나 번갈아 보았지만, 곧 운정을 믿는 마음으로 병동 안으로 들어왔다. 그리고 빠르게 걸어 운정에게 다가오더니 말했다.

"머, 머혼 백작에 관련해서 말씀드리고 싶은 것이 있어요."

"예."

애들레이드는 한참을 망설이다가 곧 결심하곤 말했다.

"어제 저녁에 그가 함께 식사를 하자고 해서, 저녁 식사를 같이했어요. 당연히 아시리스 부인과 같이 나오실 줄 알았는데 홀로 나오셨더군요. 거기서부터 조금 이상했었는데, 아무튼 대화가 오가면서 묘한 뉘앙스가 있었어요."

스페라가 눈을 반쯤 감았다.

"설마 그가 청혼이라도 한 건 아니죠?"

애들레이드는 울상을 짓더니 말했다.

"그런 건 아니에요. 그런데 막 혼자 있으면 위험하지 않으냐라든지, 남편을 두는 것이 좋다라든지… 뭐 그런 말을 하셔서… 제가 기댈 곳은 운정 도사밖에 없어서, 이렇게 말씀드려요."

스페라는 더 듣다 말고 자리를 박차고 나가려 했다.

운정이 그녀의 어깨를 잡자 그녀가 획 돌아서 운정에게 소리치듯 말했다.

"한번 진짜 제대로 경고해야겠어. 미망인한테 못 하는 소리가 없어! 버젓이 가정이 있는 놈이. 안 그래?"

운정이 대답했다.

"제가 한번 이야기해 보겠습니다. 어떻게 된 일인지."

스페라는 어이없다는 듯 고개를 흔들더니 곧 애들레이드에게 말했다.

"우리가 살아 있는 한! 절대 절대 왕비가 걱정하는 일은 없을 테니까, 걱정 말아요. 가요 가. 가서 나랑 다과나 합시다. 왜? 왕비님 막 시집와서 아무도 모를 때, 제가 자주 놀아 드렸잖아요?"

애들레이드는 불안한지 양손을 모았지만, 곧 고개를 끄덕였다.

"예, 그랬지요. 스페라 백작."

"가요. 중앙 정원이나 가서 티라도 마셔요, 옛날 생각도 나고 좋네요."

스페라는 그렇게 애들레이드를 데리고 문 쪽으로 갔다. 애들레이드는 운정을 힐끔거렸지만, 곧 스페라의 손길에 이끌려 병동 밖으로 나갔다.

운정은 그들이 사라진 것을 보고는 다시 고개를 돌려 제갈극을 깨우려고 했다.

그때 제갈극이 눈을 번쩍 뜨며 말했다.

"됐다."

유창한 공용어였다.

운정이 말했다.

"기절하신 것이 아니었습니까?"

제갈극은 침상 위에 앉더니 말했다.

"차원이동 마법이 운행되는 것을 영안으로 바라보다가 도저히 이해할 수 없는 것이 마구 정신세계로 쏟아져 들어오는 탓에 잠시 자신을 잃어버렸던 것뿐이다. 지금은 다 이해했으니, 상관없느니라."

"……."

"혹 어디 가야 할 곳이 있는가?"

운정은 고개를 끄덕였다.

"거동이 가능하시다면, 절 따라오시면 됩니다."

이내 제갈극은 침상에서 휙 나와서 탁 하고 섰다.

눈을 감고 심호흡을 두어 번 한 그는 손가락을 튕겼고, 그러자 그의 그림자에서 모호가 살짝 고개를 들었다.

제갈극은 그녀와 시선을 주고받고는 다시 감흥 없다는 표정으로 운정을 보았고, 모호는 그의 그림자 안으로 스르르 사라졌다.

운정은 앞장섰고, 제갈극은 그를 반보 뒤에서 따라 걸었다.

병동의 문을 지나고 복도를 지나면서도 제갈극은 단 한마디 말도 하지 않았다. 생전 눈으로 처음 보는 것들이 가득함에도 감탄사조차 일절 내뱉지 않았다.

운정은 델로스 왕궁에 있는 군부, 그중에서도 중앙 본부실에 들어섰다.

그 안에는 델라이 군부를 책임지는 다섯 장군이 있었다.

운정은 그들 중 둘을 알았다.

한 명은 맥컬리 장군.

다른 한 명은,

"아시스?"

운정의 물음에 장군들 사이에 앉아 있던 아시스가 맑게 웃으며 다리를 꼬았다.

"중앙 본부실에 온 것을 환영해요. 뒤에 오신 분이 천마신교에서 오신 지원이로군요."

第九十五章

악수를 청하는 아시스의 손을 물끄러미 바라보던 제갈극은 곧 마지못해 손을 뻗었다.

　제갈극을 바라보는 네 장군들의 시선은 모두 의구심을 담고 있었지만, 아시스에게는 그런 기색이 전혀 없었다.

　제갈극이 말했다.

　"그의 이름은 제갈극, 별호는 태학공자다. 그는 단도직입적인 것을 좋아하니, 그가 임해야 하는 전장에 대해서 말하라."

　고대 공용어에선 신분이 높은 자가 스스로를 3인칭으로 표현하는 관습이 있었는데, 제갈극은 그걸 또 어떻게 알았는지

한어의 본좌 대신으로 사용한 것이다.

작금에 와서는 파인랜드의 귀족들도 따르지 않는 관습이라 아시스 및 장군들도 다들 당황한 기색이 역력했다.

"화, 황족이신가 보군요."

운정이 나지막하게 말했다.

"명가의 가주이긴 합니다."

"가, 가주요?"

그들의 당황함이 황당함으로 변해 가는데, 제갈극이 상을 향해 고갯짓했다.

"저 위에 펼쳐진 것이 지도더냐?"

"그, 그렇습니다만."

"그가 한번 보겠다."

제갈극은 뒷짐을 지더니 천천히 상 앞으로 걸어갔다. 그러곤 거만한 눈길로 그것을 찬찬히 살피더니 손 하나를 뻗으며 물었다.

"저건 무엇이냐?"

아시스는 마른침을 삼키고는 그의 옆으로 와서 말했다.

"어떤 것 말입니까?"

"붉은색 삼각형으로 되어 있는 것."

"그것은 성입니다."

"흐음, 그럼 네모난 것은?"

"성은 없지만 사람들이 모여 사는 고을이나 마을을 뜻합니다."

"그럼 중간중간 둥글게 있는 선들은 무엇이냐?"

그 질문엔 다른 장군 한 명이 대답했다.

"그것은 높이를 뜻합니다."

제갈극이 눈살을 찌푸렸다.

"높이?"

"지금 바라보시는 지도는 마치 하늘에서 내려다보는 것과 같습니다. 때문에 땅의 높이가 보이지 않지요. 그 선들은 같은 높이를 나타내는 선입니다. 여기를 보시면, 이 선을 따라 100m, 또 이 선을 따라서 200m 이렇게 말입니다."

"오호라? 매우 직관적이군. 그렇다면 여기, 이 부분. 그 선들이 모여 있는 이 부분은 매우 가파른 절벽이겠구나."

장군은 고개를 끄덕였다.

"맞습니다. 이해가 빠르시군요."

제갈극은 턱을 괴더니 말했다.

"이런 방식이 있었다니. 대강 선을 따라 땅의 높이를 상상할 재주만 있다면 이보다 더 좋은 건 없겠구나. 오호, 좋다. 그럼 이것은 무엇이냐?"

그는 그렇게 끊임없이 질문했고, 장군들은 그에게 하나하나 답변해 주었다.

그렇게 대략 이십 개의 질문과 답이 오고 가자, 제갈극이 말했다.

"그는 완전히 이해했다. 더 이상 이곳에 있을 필요가 없느니라. 그가 가서 모조리 쓸어 줄 것이다. 여기 이곳으로 공간이동을 하겠다."

제갈극은 지도 한 곳을 가리키며 운정에게 말했다. 그곳은 그 지도에서 가장 높은 곳으로, 한눈에 모든 것을 바라볼 수 있는 곳이기도 했다.

운정이 말했다.

"정말 이대로 가셔도 됩니까?"

제갈극은 고개를 끄덕였다.

"그는 더 알 필요가 없다. 이 협곡이 보이느냐? 그는 이곳에 주둔한 모든 자들을 모조리 죽일 것이다."

"……"

"……"

"……"

그 말에 아시스와 장군들은 무슨 말을 해야 할지 알 수 없었다.

소론 왕국을 향해서 전쟁을 선포한 나라는 사왕국 중 하나인 라마시에스가 맞지만, 그들의 군대는 다른 두 곳의 사왕국을 포함한 연합군이다. 왜냐하면 그들의 목적은 단순히 소론을 차지하는 것이 아니라, 그것을 넘어서 델라이와의 전쟁을 준비하는 것이기 때문이다.

다시 말하자면, 지금 제갈극이 모조리 죽이겠다고 말한 그 군대는 델라이 군사력의 세 배쯤 된다는 뜻이다. 아무리 못해도 두 배는 넘는 것이 확실하다.

장군들이 서로 눈치만 살피고 있는데, 운정이 말했다.

"죄송하지만, 몰살하시는 것은 용납할 수 없습니다."

제갈극이 말했다.

"왜? 그가 왜 저들을 모두 죽이면 안 되는 것이냐?"

운정은 단호하게 말했다.

"그리 함부로 생명을 취하실 순 없습니다."

제갈극이 한쪽 입꼬리를 올렸다.

"저들은 델라이의 생명을 함부로 취하려고 오는 것이다. 그렇다면 자신들의 목숨이 함부로 취함을 당한다 해도 할 말은 없을 터."

"그들이 할 말이 있고 없고와는 관계없는 일입니다. 그 군에 포함된 모든 사람에게 전쟁의 책임을 물어 모두 죽이는 것은 부당한 것입니다. 전쟁을 선포하고 개시한 이들이 그들 전부가 아니기 때문입니다."

"하지만 그들은 그 결정에 따르기에 국경선을 넘는 것이다. 그렇다면 그 운명과 결과까지도 함께 짊어져야 할 것이다."

"그러한 수단밖에 없다면 맞는 말일 수 있겠습니다. 하지만 그런 수단만 있는 것이 아닙니다. 충분히 많은 사람들을 죽이지 않고도 전쟁을 막을 수 있음에도 불구하고, 모두를 죽임으로 막겠다? 그것은 학살에 불과합니다."

"그가 그들에게 행하려는 것은 술법이다. 이는 그들에게 생소한 것이어서 첫 번째는 확실히 먹혀 들어가겠지. 하지만 엄연히 마법보다는 체계적이지 못한 것이 사실이다. 처음 당하고 나서 파훼법을 연구하면 며칠, 아니, 몇 시간 만에 모두 간파할 것이다. 이후 그것을 노매직 주문에 가미한다면? 그 이후부턴 마치 검기와 검강처럼 말 한마디에 모조리 사라져 버릴 거야. 그 정도로 뒤떨어지는 것이다. 그러니 한 번 행할 때 모두를 꺾어 놓아야 한다."

검기나 검강을 처음 마주한 마법사는 속수무책으로 당한다. 하지만 노매직으로 그것들을 없애 버리는 방법을 충분히 연구하고 연습하면, 나중 가선 눈빛만으로도 사라지게 만들 수 있다.

제갈극은 그것을 말하는 것이었다.

운정이 말했다.

"그렇다 하여 대량 학살을 눈 뜨고 볼 순 없습니다. 분명 저들 가운데 통솔하는 자들이 있을 것입니다. 그들을 생포하여 전쟁의 의지를 꺾는 것이 좋습니다."

"답답하구나. 이들은 모두 중원과 상관없는 자들이다. 아니, 이 세상 자체가 중원과 아무런 상관이 없지. 그런데 이곳에서 수천이든 수만이든 수십만이든, 죽어 나가는 것이 무슨 의미가 있다는 것이냐?"

그 말에는 아시스와 장군들도 가만히 듣고 있을 수는 없었다.

모두 한마디씩 하려는데 맥컬리가 가장 먼저 입을 열었다.

"이름이 제갈극이라고 하셨습니까?"

제갈극은 맥컬리를 보며 대답했다.

"그렇다. 그러나 그를 태학공자라 불러라."

맥컬리는 그를 마주 보며 말했다.

"태학공자, 전쟁에서 이기는 것이 무엇보다도 가장 중요하다는 것은 분명한 사실입니다. 하지만 그만큼 중요한 것은 '어떻게' 이기느냐입니다. 패전국 국민들에게 큰 상처를 남기면 그 대가는 필히 다시금 돌아오게 마련입니다."

"무슨 뜻이냐?"

맥컬리는 양손을 모아 입가로 가져갔다.

"살인을 즐기십니까?"

제갈극은 얼굴을 찌푸렸다.

"갑자기 그게 뭔 말이지? 그는 살인을 즐기지 않는다."

"살인을 즐기시지 않는다면, 저들을 몰살하려는 이유가 무엇인지 묻고 싶습니다."

"당연히 그편이 전쟁에서 승리하기 가장 편하기 때문이지.
그뿐이랴? 그런 절대적인 무위를 보여 주어야지만 나중에도
대들 생각을 하지 않는다. 오히려 이후에 있을 만한 분란의 씨
앗을 자르는 거지. 넓은 관점에서 보면 모두 죽이는 것이 곧
덜 죽이는 것이다."

맥컬리는 살짝 웃어 보였다.

"무슨 뜻인지는 알겠지만, 실상은 전혀 그렇지 않습니다. 분
란의 씨앗을 자르려다가 오히려 심는 꼴이 될 테니까요. 왜냐
하면 참혹한 전쟁일수록, 패전국 사람의 마음에 씻을 수 없는
원한을 심기 때문입니다. 그것은 시간이 아무리 흘러도 결코
사라지지 않지요."

"……"

"우리가 지금 당신을 저곳에 파견하여 차후 다가올 전쟁을
막으려고 하는 가장 큰 이유는 당장은 우리가, 그리고 더 나
아가서 우리 후손이 피해를 보지 않으려고 하는 겁니다. 하
지만 만약 당신의 말대로 적군을 모조리 몰살한다면, 그 역
사는 절대로 잊히지 않을 것이며 이후 델라이 후손들에게 영
원히 따라다닐 꼬리표가 될 것입니다. 이걸 막기 위해선 적국
의 모든 인간을 하나도 빠짐없이 죽여야 할 텐데, 가능하겠
습니까?"

"……."

"만약 그렇게 해냈다고 합시다. 그래서 우리가 몰살한 이들과 연관된 모든 인간이 죽었다고 합시다. 그렇다 하더라도 그것은 제삼자에게 명분을 주게 됩니다. 백 년 후, 혹은 이백 년후, 누군가 소론과 델라이를 침공할 때에, 이 피비린내 나는역사를 근거 삼아 대량 학살을 아무렇지도 않게 자행할지 모릅니다. 이는 실제 전투에서 기사들의 죄책감을 덜어 내 그인성을 죽이고자, 많은 장군들이 즐겨 사용하는 방법입니다."

"……."

"그리고 또 다른 문제가 있습니다. 우리가 상대하려는 사왕국의 연합군은 각각 모두 미티어 스트라이크 마법을 보유하고 있습니다. 아무리 우리가 하지 않았다고 해도, 그렇게 많은이들이 모조리 죽어 버리면 단순한 심증만으로도 저들이 어떻게 나올지 모릅니다. 협정이고 나발이고 전 국토가 불바다가 될 수 있습니다."

"……."

"그러니 운정 도사님의 말씀대로. 그 군대를 이끄는 수뇌부를 암살하거나 하는 식으로 풀어 나가는 것이 좋을 것 같습니다."

제갈극은 맥컬리의 말을 들으면서 얼굴을 확 찌푸리며 마음에 안 드는 티를 마구 냈다. 하지만 크게 반박하지 않고 끝까지 경청했다.

왜냐하면 누가 들어도 타당했기 때문이다.

운정은 다시금 깨달았다.

대량 학살을 하면 안 된다는 것은 모두 아는 사실이다.

그리고 이를 도덕적으로 떼쓰는 건 아무나 할 수 있다.

정말 어려운 것은 논리적으로 설명하는 것이다.

그는 맥컬리의 말을 마음 깊이 새겼다.

제갈극은 이내 혀를 찼다.

"칫. 뭐, 아주 불가능한 것도 아니긴 하지. 하지만 한 번 도 와주는 것으로 천마신교의 지원은 끝인 줄 알아라. 방금 전에도 말했지만, 술법은 결국 일회용일 뿐이야. 두세 번 더 당해 줄 거란 보장은 없느니라."

맥컬리가 양손을 내리며 말했다.

"알겠습니다. 딱 한 번의 전투로 전쟁을 끝낼 수 있도록 저희가 더 생각해 보도록 합시다. 다만 그 술법이라는 것이 어느 정도의 힘을 가졌는지 파악하고 싶어서 그러는데, 혹 군대를 모두 몰살하는 것을 정확히 어떤 방식으로 하려고 하셨는지 여쭈어도 되겠습니까?"

제갈극은 어깨를 한 번 들썩이더니 말했다.

"이들이 주둔하고 있는 곳을 중심으로, 여기, 여기, 여기, 그리고 여기. 그가 이 네 곳을 동시다발적으로 강하게 폭발시키면 여기서부터 여기까지 무너져 내릴 것이니라. 그러면 마법사들은 그 산사태를 막아 내기 위해서 모두 동원될 텐데, 그것은 그저 함정에 불과하다. 그는 단지 공기가 흩어지지 않는 구멍을 만들고자 하는 것뿐이니까."

"……."

"산이 무너져서 이렇게 빙 둘러져 그들이 갇히게 되면 그 안은 술법의 영역이 될 것이다. 그때 그들의 공포심을 극대화시키는 술법과 환각을 일으키는 술법까지 총동원하여 그들의 공포심을 자극해 서로를 죽이게 만들 것이다. 마법사들은 산사태를 막느라 바쁠 때니, 천천히 술법을 가동한다면 알아채지 못할 것이니라."

"……."

"그 이후부터는 서로가 서로를 죽이는 지옥이 펼쳐질 것이니라. 또한 마법사들이 읊는 주문을 그가 친히 해킹해서 모두 비틀어 버릴 것이니, 그들도 다 결국 죽을 것이다. 그의 예상으로는 모두 그것이 환각 마법이라 생각해서 소성 마법만 주야장천 시전하겠지. 하지만 그것으로는 술법을 깰 수 없느니라."

"……."

"단 한 명이 살아남을 때까지 술법을 풀리지 않을 것이며, 마지막 살아남은 자도 그가 친히 죽일 것이다. 그것이 그가 생각한 방법이다."

환각을 일으켜 죽인다.

장군들은 하나같이 말이 없었다.

믿기도 어려웠을뿐더러, 일단 상상하기조차 쉽지 않았다.

운정이 말했다.

"그 환각 마법을 이들을 이끄는 커멘더와 캡틴들에게 집중
할 수는 없습니까?"

제갈극이 대답했다.

"타깃 설정을 어찌하라는 것이냐? 누가 커멘더(Commander)인
지 캡틴(Captain)인지 구분하는 주문을 대체 어떻게 짜라는 거
지?"

그때 병사 한 명이 안으로 들어왔다.

그가 아시스에게 와서 귓속말로 속삭이자, 아시스가 모두
에게 말했다

"소론에서 사람이 왔다는군요. 일단 그들과 말해 보죠. 그
들의 땅이니, 그들이 잘 알 거예요."

운정이 그녀에게 물었다.

"그들과 관계는 조금 개선되었느냐?"

아시스는 고개를 저었다.

"그렇지 않습니다, 마스터. 아시다시피 전쟁이 시작된 이후
동맹 관계를 받아들이면, 저희가 라마시에스를 상대로 선전포

고한 꼴이 되는 것이기 때문에 공식적으로 동맹 관계를 체결하긴 어렵습니다. 때문에 저희를 통해 중원의 힘을 빌리고자 한 것이지요. 그렇게 해 준다면 전쟁이 끝난 뒤에 소론 왕은 델라이의 공작이 되고, 소론 왕국은 공작령이 되겠다고 조건을 걸었습니다. 델라이가 제국이 된다면 말이죠."

그 마지막 말에 델라이 장군들의 표정에 결연한 빛이 떠올랐다.

*　　　　*　　　　*

아시스와, 맥컬리 그리고 운정과 제갈극은 귀빈실로 향했다.

그곳에는 아직 앳된 티를 벗어나지 못한 소론 왕이 앉아 있었는데, 그의 눈빛만큼은 어느 군주의 그것보다도 날카롭고 깊었다.

그의 뒤에는 아다만티움 갑옷을 착용하고 있는 이론드가 서 있었다. 그 역시도 냉담한 눈길을 한 상태로 귀빈실로 들어오는 네 인물을 찬찬히 살펴보았다.

먼저 아시스가 소론 왕 앞에 앉았고, 맥컬리는 그 뒤에 섰다. 아시스는 운정에게 눈짓하여 자신의 옆에 앉으라 했고, 운정은 그녀의 오른편에, 그리고 제갈극은 운정의 오른편에 앉왔다.

아시스가 말했다.

"아버지이신 머혼 섭정께서는 내전으로 인해 일이 많으셔서 직접 나오실 수 없었습니다. 때문에 제가 대신하게 되었으니 양해 부탁드립니다."

소론 왕의 시선은 제갈극을 향해 있었다.

제갈극 또한 소론 왕을 뚫어져라 바라보았다.

둘의 나이는 겉으로 보기에 엇비슷했는데 그렇기 때문인지 묘한 신경전이 이어지고 있었다.

소론 왕이 천천히 눈길을 돌려 아시스를 바라보았다.

"포트리아 장군의 뒤를 이어서 장군이 되셨다는 소식을 들었습니다. 레이디 아시스, 축하합니다."

아시스는 살짝 미소 지은 채 말했다.

"섭정이 되신 아버지께서 강제로 앉히신 자리니, 그리 축하받을 것이 못 됩니다."

소론 왕은 아시스의 미소를 따라 했다.

"그렇게 따지면 저 또한 같은 입장이지요. 귀한 핏줄에게는 그 권리와 의무가 함께 오는 것 아니겠습니까?"

그 말에 이론드와 맥컬리가 묘한 시선을 주고받았다.

둘 다 그리 귀한 집안 출신이 아니었기 때문이다.

아시스가 말했다.

"일단 하나는 확실히 합시다, 소론 왕. 오늘 소론 왕께서는 저희 델라이에게 동맹을 제의하셨고, 저희는 단칼에 거절한 겁니다."

소론 왕은 고개를 끄덕였다.

"안 그래도 여기 오면서 매우 실망한 표정 짓는 걸 연습했습니다. 돌아갈 때쯤이면 꽤나 자연스럽게 나올 겁니다."

"좋습니다. 그러면 천마신교에서 오신 지원군에 대해 소개해 드리지요. 저분께서는 태학공자라 하십니다. 중원에서 마법과도 비슷한 술법을 사용하시는 분인데, 이것은 파인랜드에 매우 생소한 기술이라 마법사들조차 제대로 대처할 수 없다고 합니다."

제갈극은 지금까지 단 한 번도 소론 왕에게서 시선을 떼지 않았다.

그대로 그는 입을 열어 말했다.

"그는 소론에 쳐들어오는 모든 기사들과 마법사들을 물리칠 힘이 있다. 그 힘을 빌려주기 위해서 머나먼 중원에서부터 이곳까지 온 것이다."

그 말에 이론드는 의심의 눈초리로 제갈극을 노려보았다.

하지만 소론은 전과 다를 바 없는 눈빛으로 그를 마주 보며 말했다.

"구체적으로 어떤 힘을 가지고 어떻게 도울 수 있을지 설명해 주실 수 있겠습니까?"

제갈극은 팔짱을 끼더니 말했다.

"소론 왕이 원한다면 그는 연합군을 모조리 한 번에 죽일 것이다. 미티어 스트라이크라고 했나? 그래, 그 마법처럼 말이니라. 싹 다 죽을 것이다."

이론드는 어이없다는 표정을 지으며 아시스와 맥컬리를 번갈아 보았다. 하지만 둘 다 진지하기 이를 데 없는 것을 보곤, 얼굴이 점차 굳어졌다.

소론 왕이 말했다.

"그것이 가능합니까?"

제갈극이 말했다.

"그가 거짓말을 해서 얻을 게 뭐지? 어차피 너희 나라로 가는 건 그 혼자다. 그 일을 하는 것도 그 홀로 하는 것이고. 다른 이의 도움은 일절 필요 없다. 그러니 너희가 그를 믿는다 해서 손해 볼 것은 전혀 없다. 그는 그저 전장에 나갈 것이고 그들을 몰살할 뿐인 것이니라."

그 말에 맥컬리가 재빨리 덧붙였다.

"태학공자께서는 연합군을 몰살하겠다고 말씀하신 것은 자신감의 표현이지 문자 그대로 받아들여선 안 됩니다. 그의 힘에 관해선 저희 델라이가 보장하겠습니다. 오늘 여기서 저희가 논해야 하는 것은 그의 힘에 관한 것이 아니라, 그 힘을 어떻게 사용해야 가장 지혜롭게 쓸 수 있는가에 대한 것입니다."

소론 왕의 시선이 다시금 제갈극을 향했다.

맥컬리의 보장으로 인해 경계심이 대폭 사라져 있었다.

소론 왕이 말했다.

"대량 학살은 안 될 말이다. 특히 소론 국토 내에서는."

이론드도 고개를 끄덕였다.

"맞습니다. 한다 해도 소론 국토가 아닌 곳에서 해야 합니다. 하지만 이미 연합군은 소론 내로 들어와 주둔지를 세웠고, 천천히 소로노스를 향해 진군하고 있습니다."

아시스가 고개를 갸웃했다.

"진군이요? 설마 진군하고 있습니까?"

이론드가 고개를 끄덕였다.

"그렇습니다."

파인랜드에는 공간 마법이 보편화되어 있다. 그렇기에 기사가 진군하는 경우는 거의 없다. 그저 서로 합의된 곳에서 기사들을 모아 전투를 벌일 뿐이다.

그 말에 맥컬리가 물었다.

"그들이 왜 진군을 하는 것입니까?"

이론드가 대답했다.

"보여 주기 위함이겠지요. 그들이 지나가는 영토의 영주들은 하나같이 모두 길을 열고 그들에게 대항할 생각을 전혀 하지 않습니다. 그들의 진군을 방관하고 있지요. 때문에 사실 전쟁이라 하기 어렵습니다. 그들은 그저 항복을 받으러 오는 것에 불과하니까요. 그 이후에는 우리로 하여금 다시금 델라이와 전쟁을 하라고 압박하겠지요."

델라이와 소론 간의 전쟁으로 인해서, 소론의 상황이 매우 좋지 못하다는 것은 모두 아는 사실이다. 하지만 전투 한 번 하지 못하고 그런 치욕을 당하고 있을 줄은 아시스나 맥컬리도 예상하지 못한 부분이었다.

맥컬리가 말했다.

"게다가 마나스톤도 아낄 수 있을 겁니다. 연합군이 될 정도의 대인원이라면 공간 마법을 사용하는 것도 부담이 클 테니까요."

그 말에 소론 왕과 이른드의 얼굴이 어두워졌다.

아시스는 가만히 그들을 보다가 물었다.

"이제 막 장군으로 부임하여 여러 사정을 알지 못해, 이렇게 왕께 직접 묻고자 합니다. 전에 알톤 평야에서 델라이와 전쟁을 치렀을 땐, 은밀히 사왕국의 지원까지 받아 가며 우리를 적으로 대하셨습니다. 그런데 왜 지금은 그들의 편이 아닌 우리의 편을 들려고 하시는 겁니까? 제가 듣기로는 제 아버지, 머혼 섭정의 제의도 거절하신 것으로 아는데 말입니다."

소론 왕이 말했다.

"거절한 적은 없습니다. 내정이 매우 어지러워 미처 답을 드리지 못한 것입니다. 그리고 그 전 질문에 대해서 답하자면, 당시 소론을 실질적으로 다스렸던 것은 알시루스 백작이었습니다. 그는 본래부터 천년제국과 긴밀한 관계를 맺고 있었는데, 당시 천년제국의 사주로 델라이와 전쟁을 했습니다. 다행이 제 충신이 그의 목을 베고 제가 다시 정권을 잡았기에, 이번에는 델라이의 손을 잡을 수 있었지요."

아시스는 몸을 조금 앞으로 기울이며 말했다.

"하지만 소론 왕께선 이번에도 사왕국의 편에 서도 되지 않습니까? 알톤 평야에서 델라이에게 죽은 소론의 기사가 아주 없었던 것은 아닐 텐데요? 그 이후에도 델라이는 여러 조건들을 요구하지 않았습니까? 그러니 소론의 입장에서도 차라리 사왕국에 붙어 델라이를 협공하는 것이 훨씬 낫지 않습니까? 이번 연합국의 규모는 전보다 훨씬 거대하니까요."

소론 왕은 잠시 차분한 눈길로 아시스를 보았다.

"소론의 역사상 천년제국과는 아무런 관계가 없습니다. 하지만 이웃한 라마시에스와는 매우 복잡한 관계가 있지요. 오랜 세월 소론을 노예 취급 하던 그들의 지배 아래에서 우리를 독립시키고 자신의 자치령으로 삼은 쪽이 델라이입니다. 그들과 같은 편에 서는 것은 국민 정서상 불가능합니다."

"……."

아시스는 말이 없었다. 사실 장군으로서 당연히 알아야 하는 부분에 대해서 무지한 것이 들켰기 때문이다.

소론 왕은 눈길을 돌려 운정을 보았다.

"또한 수많은 기사들을 단 십여 명이서 물리치는 중원의 무공을 직접 경험했습니다. 그러니 어느 쪽에 서야 하는지는 명백하지요."

"……."

아시스가 더 말하지 않자, 이론드가 말을 이었다.

"델라이에 손을 뻗은 저희의 의도를 의심하신다면 저희는 생존을 위하여 어쩔 수 없이 사왕국과 손을 잡을 수밖에 없습니다. 이 점을 유념해 주십시오."

그 말에 맥컬리가 차가운 어투로 말했다.

"무언가 착각하시는 것 같은데 이론드 장군, 사왕국은 협약에 의해서 서로를 선공할 수 없습니다. 그러니 연합군은 소론을 등에 업고 델라이와 전쟁하려 하는 겁니다. 그런 상황에서 소론이 사왕국과 손을 잡으면 그저 우리와 전쟁을 하겠다는 것 그 이상도 이하도 되지 않습니다. 이번에 델라이는 저번처럼 그저 항복을 받는 수준에서 끝나지 않을 것입니다. 두 번 실수한 건 실수가 아니니까요."

"저는 그저 저희의 생존을 위해서 어쩔 수 없다는 말을 하

는 것입니다. 만약 소론이 둘 사이에서 줄타기를 한다고 생각
하신다면, 저의 둘이 모두 왜 델라이에 와 있겠습니까? 직접
소론 왕께서 찾아오신 것으로 저희의 진심을 봐주시길 바랍
니다."

아시스는 고개를 슬쩍 돌려 이론드를 보았고, 이론드는 그
녀와 눈을 마주치고는 고개를 한 번 끄덕여 보였다.

아시스는 다시 고개를 앞으로 해 이론드를 보았다.

"우선 제 아버지이신, 머혼 섭정께서는 이 일에 관하여 제게
전권을 맡기셨습니다. 아시다시피 델라이 내부 사정도 너무나
복잡하니 말입니다. 하지만 그렇다 하여 이것이 중요하지 않
다는 것은 아닙니다. 중원과 델라이의 관계는 이제 막 시작되
었습니다. 그러니 행여나 저희의 잘못된 판단으로 인해 천마
신교의 귀빈에게 안 좋은 일이 생긴다면, 이는 곧 델라이와 천
마신교 사이에 크나큰 외교적 결례가 될 것입니다."

소론 왕이 말했다.

"저희가 그것을 노리고 중원의 지원을 요청했다고 의심하시
는 겁니까? 천마신교의 인물에게 해를 가해서 델라이와 중원
간의 사이를 이간질하려고?"

"충분히 합리적인 의심이지요. 그뿐입니까? 소론에서 천마
신교의 귀빈을 다른 사왕국에게 소개시켜 주어, 델라이를 통
해서가 아닌 직접적으로 중원과 거래를 트려고 하실 수도 있

지요."

그 말에 귀빈실의 분위기가 갑자기 무거워졌다.

소론 왕도 이론드도 표정으론 아무런 변화도 없었지만, 분명 묘한 기색의 변화가 있음을 모두가 알아차릴 수 있었다.

제갈극은 한쪽 입꼬리를 올리더니 아시스를 슬쩍 보며 말했다.

"재밌구나, 재밌어. 역시 인간은 파인랜드에 있나 중원에 있나 재밌는 존재야."

아시스는 소론 왕과 이론드를 번갈아 보다가 이내 자리에서 일어나면서 말했다.

"지원 약속은 없던 것으로 하겠습니다. 저번처럼 알톤 평야에서나 보겠군요."

"레이디 아시스? 레이디 아시스!"

이론드가 다급하게 그녀를 부르는데 그녀는 뒤도 쳐다보지도 않고 계속해서 걸었다. 그러자 소론 왕이 이론드를 향해 손을 올리면서 그만하라는 제스처를 취했다.

맥컬리는 가슴에 손을 올리더니 말했다.

"편히 돌아가십시오. 소론 왕, 이론드 장군. 운정 도사님, 태학공자님, 이만 가시겠습니까?"

제갈극이 자리에서 일어나려는데, 운정은 앉은 그대로 가만히 있었다.

그가 말했다.

"전 좀 더 소론 왕과 대화를 나누고 싶은데 괜찮겠습니까?"

그 말에 막 귀빈실에서 나가려던 아시스의 걸음이 일순간 멈췄다.

그녀는 고개를 돌려 미소를 지으며 말했다.

"마스터께서 그들과 대화를 나누시는 것은 마스터의 자유이며 선택이시지요. 얼마든지요."

그녀는 그렇게 밖으로 모습을 감췄다.

맥컬리는 잠시 고민하더니 곧 고개를 숙이며 말했다.

"그럼 말씀들 나누십시오."

그는 역시 빠른 걸음으로 자리를 나섰다.

엉성하게 일어났던 제갈극은 다시 자리에 앉더니 운정을 보며 말했다.

"언제는 내가 학살하지 말라고 해 놓고는 이제 와서 또 생각이 달라진 것이냐?"

운정은 제갈극을 보지 않고 소론 왕에게 말했다.

"중원과 교류의 통로가 되어 주는 대가로, 사왕국에게 무엇을 약속받으셨습니까?"

이론드가 뭐라고 크게 말하려는데, 소론 왕이 먼저 나지막하게 대답했다.

"내가 원하는 것은 단 하나, 소론의 안녕입니다."

운정은 소론 왕을 뚫어지게 바라보았다.

그는 곧 툭 하니 물었다.

"소론 왕, 혹시 무공을 배워 볼 생각은 없으십니까?"

*　　　　*　　　　*

다음 날 아침 10시.

마차에서 내린 머혼은 신무당파 건물을 올려다보았다.

"중원식 건물을 그대로 가져온 것 같군. 크기를 보니 천 명은 수용할 거 같은데. 테라 학파가 총동원됐다더니, 드래곤본이 좋긴 좋아? 응?"

그를 따라 내린 로튼도 신무당파 건물을 보았으나, 이를 바라보는 눈빛에는 애절함만이 가득했다.

이후 두 명이 더 내렸는데, 다름 아닌 아이시리스와 조령령이었다. 그녀들은 실뜨기 놀이에 정신이 팔려 있었다. 아이시리스는 가소롭다는 미소를 지은 채 양손을 내밀고 있었고, 조령령은 눈초리를 모은 채, 아이시리스 양손 사이에 얽혀 있는 실을 뚫어져라 보았다.

그 넷은 그렇게 신무당파 건물 안으로 들어섰다. 그런데 막 문을 열어 준 하녀의 얼굴이 눈에 익었던 머혼이 물었다.

"뭐야? 네가 왜 여기 있어?"

그녀는 공손히 말했다.

"레이디 시아스께서 이곳에서 지내시기에, 레이디를 모시기 위해서 마담 아시리스께서 보내셨습니다."

"뭐라고? 아니, 어쩐지. 저택에 시녀들이 없더라니! 몇 명이나 온 거야?"

"저까지 포함해서 대략 30명은 온 걸로 알고 있습니다."

머혼은 어이없다는 표정을 짓는데 그녀는 머혼을 지나쳐 걸었다.

그가 걸음을 옮기기 시작하자 로튼은 천천히 그의 뒤를 따랐고, 아이시리스와 조령령은 실뜨기에 집중한 채로 그를 따라 걸었다.

그는 복도를 지나 곧 저 멀리 연무장에서 막 앞에 나와 검을 휘두르려던 시아스를 발견했다. 이에 걸음을 바삐 하며 큰 소리로 외쳤다.

"야! 시아스! 도대체 너 하나 때문에 시녀 몇 명이… 크흠, 크흠, 그… 흐음."

복도에서 볼 때는 몰랐지만, 가까이 와보니 시아스 앞에는 십여 명의 사람이 검을 들고 서 있었다. 때문에 머혼은 민망함을 감추지 못했다.

시아스가 눈살을 찌푸리며 말했다.

"지금은 중요한 시간이니 나중에 이야기해요, 아버지."

머혼은 고개를 절레절레 흔들며 연무장에 있는 십여 명의 사람들을 훑어보았다. 아시스를 포함해서 그가 아는 몇몇의 사람들과 흑기사들이 있었으나, 그의 맏아들인 한슨은 없었다.

실망한 그는 눈길을 거두려는데 어떤 한 사람 때문에 눈이 부릅떠졌다.

그는 믿을 수 없다는 듯 말했다.

"소, 소론 왕?"

쥐고 있던 목검을 내린 소론 왕은 머혼을 보며 말했다.

"오랜만입니다, 머혼 섭정."

"아, 아. 어, 어? 그, 그."

당황한 머혼이 미처 말을 못 하고 있는데, 시아스가 한숨을 푹 쉬더니, 그에게 다가왔다.

"무공을 익히는 과정은 제자가 아니면 볼 수 없어요. 그러니까, 좀! 나! 가! 세! 요!"

시아스는 툭툭 끊어 말할 때마다 머혼을 한 손으로 밀었는데, 머혼은 몸이 휘청거릴 정도로 큰 힘을 느꼈다. 그 놀라운 힘에 밀려 연무장 밖으로 내쫓겨 나간 머혼을 보면서 아이시리스와 조령령이 그를 지나가며 한마디씩 던졌다.

"멍청이 아빠."

"傻子 叔叔."

그때 연무장까지 들어오지 못하고 가만히 서 있던 로튼과 시아스의 두 눈이 마주쳤다. 로튼이 차마 그녀를 보지 못하는데, 시아스가 맑게 웃으며 말했다.

"안녕, 로튼?"

로튼은 용기 내어 눈을 들어 그녀를 보았다.

비쩍 메말랐을 때보다 수배는 더 예뻐진 시아스.

그의 눈동자가 크게 흔들렸고 입은 굳게 닫혀 버렸다.

그렇게 시아스가 돌아설 때까지, 로튼은 한마디도 하지 못했다.

연무장으로 마구 뛰어간 아이시리스와 조령령은 벽 한쪽에 걸려 있는 목검을 들었는데, 막 그들을 따라 들어온 시아스가 차갑게 말했다.

"너희 둘은 늦었으니, 뒤에서 검을 백 번 휘두르고 참여해."

두 소녀는 똑같이 입술을 내밀었다.

"피이."

"피이."

그렇게 신무당파의 아침 수련이 시작되었다.

그 기세가 너무나 진지하여, 철면피인 머혼도 차마 방해할 수 없었다.

그는 수건을 들고 지나가는 또 다른 하녀에게 물었다.

"운정 도사는 어디 있느냐?"

하녀는 한쪽을 가리켰다.

"저 복도를 따라서 쭉 올라가신 다음, 왼쪽으로 꺾으셔서 마찬가지로 쭉 가시면 정면에 나오는 문이 바로 마스터 룸이에요. 하지만 평소에도 거의 없으셔서 만나 뵙긴 힘들 겁니다, 백작님."

그 말에 머혼이 툭 하니 말했다.

"섭정이다."

하녀가 고개를 조아리며 말했다.

"아, 죄송합니다, 섭정님. 입에 붙어서."

머혼은 입술을 삐죽거린 뒤에, 그녀가 말해 준 대로 걸어갔다.

그리고 마스터 룸에 도착해 그 방문을 열었다.

안에는 두 사람이 있었다.

머혼은 그 두 사람 사이를 번갈아 보았다.

"운정 도사님? 그런데… 옆에 계신 분은 마법사시군요."

운정은 얼굴을 굳히더니 말했다.

"죄송하지만, 저희 간의 대화를 먼저 끝내도 되겠습니까?"

머혼은 그제야 눈을 동그랗게 뜨더니 당황한 눈길로 뒤를 보았다.

방 밖에 서 있던 로튼이 느리게 고개를 저었다.

머혼은 다시 운정을 향해서 미소를 짓더니 말했다.

"제가 너무 큰 실례를 저질렀군요. 요즘 머리가 복잡하다 보니… 하하. 그럼 말씀들 나누십시오."

그렇게 말한 그는 서둘러 방 밖으로 나갔다.

쿵.

문을 닫자, 로튼이 말했다.

"저자는 알테시스로군요."

머혼은 얼굴을 확 일그러뜨리더니 손가락을 들어 입에 가져가며 로튼을 향해 소리 없이 으르렁거렸다.

그러곤 자신의 목걸이를 만지작거렸다. 그러자 알 수 없는 마법이 그의 목걸이로부터 나와 그들의 주변을 감싸 안았다.

"운정 도사의 귀가 밝다는 것을 몰랐냐? 그냥 생각나는 대로 입 밖에 꺼내면 어쩌자는 거야?"

로튼은 머혼에게 고개를 까닥했다.

"그러는 섭정님도 함부로 방 안에 들어가시면 안 되지 않습니까?"

머혼은 손가락을 들어 로튼의 가슴을 툭툭 쳤다.

"내가 시아스랑 헤어지라고 했냐? 네가 못 한 거잖아? 응? 그러니까 정신 좀 똑바로 차리고 마음 좀 제발 추슬러라. 여태 술독에 빠져 살다가 이제 겨우 제정신 좀 차린 줄 알았는데, 얼굴 한 번 봤다고 맹해져서는. 쯧."

"……."

로튼은 아무 말도 하지 않았지만, 그의 한쪽 눈 끝이 경련하듯 파르르 흔들렸다.

그걸 본 머혼도 짜증 나는 마음을 털어 버리곤 말했다.

"아무튼 정말 놀라운 걸 봤다. 어둠의 마법사라니? 신무당파에? 아니, 내가 아무리 내전에 정신이 팔려 있다 해도, 이런 일이 버젓이 벌어지고 있는 걸 어떻게 몰랐던 거지?"

그러자 로튼이 비꼬듯 말했다.

"그야 섭정님의 잘나신 아드님께서 자기가 왜 이곳에 있어야 하는지도 모르고 농땡이나 피우고 있으니 그렇지요. 그나마 마담께서 이곳에 시녀들을 두어서 천만다행입니다. 나중에라도 정보가 들어오기는 할 겁니다."

"뭐가 다행이야? 아시리스는 아시스만 밀어줄 텐데."

머혼은 한숨을 푹 쉬었다.

그러자 로튼이 말했다.

"그럼 그냥 레이디 아시스에게 물려주시면 되지 않습니까? 왜 로드 한슨에게 기회를 주시려는 지 정말 모르겠습니다. 전 부인을 내치신 것에 대해 미안하게 생각하시는 건 알겠습니다. 하지만 그건 한슨을 다시 불러서 자식으로 인정해 주시는 걸로 충분히 도리를 다하신 겁니다."

머혼은 이를 드러내 보였다.

"그걸 내가 몰라서 이러는 줄 아냐? 단순히 그 애 엄마한테

미안해서 그런 게 아니다. 너는 모르겠지만, 머혼가에는 머혼
가의 자질이란 게 있어. 머혼의 성씨를 가졌다고 해서 다 머
혼이 아닌 거다. 그건 개화가 필요한 것이지."

로튼은 고개를 갸웃했다.

"개화요?"

머혼이 로튼의 가슴을 툭툭 쳤다.

"그래. 내가 굳이 아시스한테 장군 자리를 줬겠어? 내가 굳
이 한슨의 혼인 자리를 알아봤겠냐고? 그거 다 머혼가의 자질
이 개화하라고, 그러라고 하는 거야."

머혼의 얼굴에는 사악하고 음흉한 미소가 가득했다.

그것을 더 보기 싫었던 로튼은 아예 다른 주제를 꺼냈다.

"아무튼 운정 도사가 왜 알테시스와 함께하고 있는지는 의
문이로군요."

그 말을 들은 머혼은 고개를 끄덕였다.

"그래. 근데 네가 알 만한 놈이면 꽤 유명한가 보지?"

로튼이 대답했다.

"어둠의 학파 이곳저곳에서 활약하던 놈입니다. 본래 어둠
의 학파라는 곳이 특성상 한번 들어가면 발 빼기가 어렵지 않
습니까? 그런데 알테시스 저자는 여러 곳에 발을 두고도 잘도
살아남았지요. 단순히 마법에서만 아니라, 천성적으로 영리하
고 또 지혜로운 놈입니다. 평판도 매우 좋아서, 어둠의 마법사

들 중에 저자와 친분이 깊은 이들도 꽤 있습니다."

"오호? 어둠에서 그러기 쉽지 않은데?"

"듣자 하니 원한과 은혜에 있어서 철저하다군요. 자기에게 호의를 베푼 이에게는 한없이 잘해 주고, 자기에게 불의를 끼친 이에겐 잔혹하게 대한답니다."

"흐음, 그래? 괜찮은 놈이네."

"위저드라서 그렇지 그랜드위저드였으면 마법사 중에 모르는 사람이 없었을 겁니다."

머혼은 턱을 쓸며 말했다.

"그런 자가 왜 운정 도사와 함께하는 거지? 무슨 인연인지 알 수가 없군."

"스페라 백작 때문 아니겠습니까? 어둠과의 연결선이라면."

"아니야. 그녀는 필사적으로 운정 도사가 어둠과 가까워지지 않기를 바라. 자기 자신의 대해서 더 말하지 말라고 아주 진지하게 경고했었고."

"그럼 스페라 백작도 모르게 만나는 걸까요?"

"그럴 수도 있지. 하여간! 한슨 그 자식은 어디서 뭘 하고 있는지 이런 중요한 걸 다 놓치고 말이야. 그러고 보니, 그 중원에서 온 손님도 있지."

"그를 불렀느냐?"

로튼과 머혼은 화들짝 놀라며 소리가 들린 쪽을 내려다보았다.

그곳에는 옅은 미소를 머금고 있는 제갈극이 있었다.

그의 눈길은 머혼의 목걸이에 고정되어 있었다.

때문에 머혼은 자기도 모르게 목걸이를 숨기듯 만지작거렸다.

어느새 마법은 해제되어 있었다.

"……"

"……"

제갈극은 놀란 그들을 보며 피식 웃더니 말했다.

"운정 도사를 기다리나 본데, 아마 그가 들어가면 바로 나올 거다. 후후후."

그는 그렇게 말하며 마스터 룸의 방문을 열고 안으로 들어갔다.

그러자 운정이 제갈극과 알테시스 사이에서 몇 마디 말을 주고받더니 곧 방 밖으로 나왔다.

그는 자신을 바라보는 머혼과 로튼을 번갈아 보더니 말했다.

"무슨 일 있으십니까? 다들 크게 놀라신 것 같은데?"

머혼과 로튼은 동시에 헛기침을 했다.

머혼이 말했다.

"아, 아닙니다. 대화는 다 끝나셨습니까? 그 중원에서의 손님께선 아직 소론으로 출발하지 않으신 듯합니다."

운정은 고개를 끄덕였다.

"연합군이 진군을 하는 터라 아직 시간적 여유가 있습니다. 때문에 좀 더 상황을 지켜보는 중이지요. 혹시 하실 말씀이 더 있으시다면, 응접실로 안내해 드리겠습니다."

머혼은 고개를 끄덕였다.

"조, 좋습니다. 안내해 주십시오."

그 셋은 신무당파의 응접실에 들어갔다.

운정은 응접실의 상석에 앉았고, 머혼은 오른편에 그리고 로튼은 그 뒤에 섰다.

머혼이 말을 시작하려는데, 자기 앞에 막 민트 차를 내려놓는 하녀를 보고는 할 말을 잊어버렸다.

"안녕하세요, 백작님?"

하녀는 한 번 싱긋 웃고는 그 방에서 나갔다.

머혼은 멍한 눈길로 그 하녀를 보다가 곧 운정에게 말했다.

"머혼가에서 하녀들을 30여 명이나 데려왔다고 들었습니다만……."

운정은 방긋 웃었다.

"시아스가 이끌고 온 하녀들입니다. 마담께서도 허락한 걸로 알고 있습니다."

머혼은 할 말을 찾지 못해 로튼을 올려다보았다.

로튼은 어깨를 한 번 으쓱일 뿐이었다.

운정이 민트 차를 한 모금 마시곤 말했다.

"혹 하녀들을 데려가기 위해서 신무당파에 찾아오신 겁니까?"

머혼은 고개를 저었다.

"아닙니다. 그럴 리가요. 집안일이야 아시리스가 하는 거니 제가 뭐라 할 게 못 되지요."

"그럼 어떤 일로 찾아오셨습니까?"

머혼은 묘한 기분을 느꼈다.

그도 그럴 것이, 그들의 만남은 언제나 운정이 그를 찾아오는 형태였지, 그가 찾아가는 형태였던 적은 없었기 때문이다. 상석에 앉아 주인으로서 자신을 귀빈으로 맞이하는 운정의 모습은 낯설기 그지없었다.

"다름이 아니라, 한 가지 말씀드리고 싶은 것이 있습니다."

운정은 가만히 기다렸지만, 머혼도 말을 꺼내지 않고 운정의 눈치를 살폈다.

운정은 어쩔 수 없이 말을 먼저 꺼내야 했다.

"어떤 용무이십니까?"

머혼은 고개를 돌려 자기 앞에 있는 민트 차를 바라보았다.

모락모락 피어오르는 김을 바라보던 그는 곧 다시 고개를 돌려 운정을 보았다.

"아시스는 소론에서 부탁한 지원을 거절했다고 들었습니다.

하지만 그 이후 운정 도사께서 그들과 대화를 나누셨다고요."

"그렇습니다."

머혼은 여러 차례 고개를 끄덕이더니, 민트 차에 손을 가져갔다. 그리고 그것을 입가에 가져가며 눈초리를 얇게 모았다.

"아까 오는 길에 연무장에서 소론 왕을 보았습니다. 혹 그가 신무당파의 무공을 경험해 보고 싶다던가, 뭐 그런 부탁을 하였습니까?"

"아니요. 신무당파의 제자로 받았습니다."

"푸흡."

머혼은 막 마시던 민트 차를 내뿜었다. 이에 문가에 서 있던 하녀가 수건을 들고 금세 달려왔다. 머혼은 그 수건을 받아 들고 자신의 옷을 닦더니, 눈을 껌벅이며 정신을 차렸다.

운정이 그에게 말했다.

"앞으로 필립은 신무당파의 제자로서 신무당파의 보호를 받을 겁니다."

"피, 필립이요?"

"소론 왕의 이름입니다."

머혼은 찻잔을 내려놓고는 로튼을 보았다. 그 눈빛이 마치, 내가 지금 잘못 들었나 하고 묻는 듯했다.

로튼은 방금 전처럼 다시 한번 어깨를 으쓱였다.

머혼은 양 무릎을 양손으로 짚고는 운정을 향해 몸을 틀면서 말했다.

"소론 왕을 제자로 받았다고요?"

"그렇습니다."

"……."

"무슨 문제라도 있습니까?"

머혼은 멍한 표정을 짓다가 허탈한 듯 말했다.

"문제 될 건 없지요… 예, 없습니다. 그렇지요."

운정은 방긋 웃었다.

"슬슬 이곳에 오신 용무를 말씀하시지요, 머혼 섭정. 저도 할 일이 많아서 시간이 많이 없군요."

머혼은 머리를 긁적이더니, 다시금 민트 차를 들었다. 이미 반쯤 사라져 있었지만, 그는 아랑곳하지 않고 그것을 다 비우더니 탁 하고 내려놓으며 말했다.

"시간이 없으시다니 단도직입적으로 묻고자 합니다. 혹 천마신교에서 저희 델라이 말고 다른 곳과도 거래하실 생각이 있는 겁니까?"

운정은 턱으로 손을 가져가더니 말했다.

"아직까진 없습니다."

"아, 아직까진요?"

운정은 손을 펼쳐 보이며 말했다.

"혹여 독점권을 원하십니까?"

머혼은 자세를 더욱 운정 쪽으로 가져가며 말했다.

"원한다니요? 독점권은 이미 델라이에 있는 것입니다."

"어째서 그렇습니까?"

"예?"

운정은 자신의 찻잔을 들고는 입가에 가져갔다. 그리고 눈을 감고 차를 마시면서 깊이 음미했다.

머혼은 속이 다급해지는 것을 느꼈지만, 겨우 참아 내며 운정을 볼 수밖에 없었다.

운정이 눈을 느리게 뜨고 찻잔을 상 위에 올려놓더니, 막 상을 모두 닦은 하녀에게 말했다.

"저와 머혼 섭정님에게 한 잔씩 더 주실 수 있을까요? 머혼 섭정님, 섭정님도 한 잔 더 하시지요?"

머혼은 턱 하니 숨을 내쉬었다.

"하! 운정 도사님!"

운정은 미소를 지어 보인 뒤에, 하녀에게 다시 고개를 돌렸다.

"부탁드리겠습니다."

하녀는 머혼과 운정 사이를 번갈아 보다가, 이내 물었다.

"주전자로 가져올까요?"

"좋습니다."

하녀는 고개를 끄덕이곤 방 밖으로 나갔다.

머혼은 표정을 잔뜩 일그러뜨린 채로 운정에게 말했다.

"아주 제대로 배우셨습니다. 예?"

운정은 여전히 미소를 유지하며 머혼에게 말했다.

"좋은 스승을 둔 덕분이지요."

좋은 스승, 머혼은 자기도 모르게 헛웃음을 지었다.

운정이 몸을 뒤로 편히 하며 말했다.

"천마신교와 델라이 간의 협정은 당시 스페라 백작님의 계약서를 통해서 이루어져 있습니다. 하지만 그것은 일시적 계약으로, 천마신교는 혈마석과 혈마석에 특화된 무공을, 델라이에선 공간 마법과 공간 마법진을 설치하는 지식을 서로 교환하였지요. 그 이후 약속된 건 아무것도 없습니다. 그러니 독점권은커녕 단순한 거래권도 정해진 것이 없는 것이 사실입니다."

머혼은 팔짱을 꼈다.

"전 운정 도사와 호의적인 관계를 맺고자 항상 노력했습니다. 여기 델로스 근처에 땅을 내주어 신무당파의 건물을 세울 수 있도록 도운 것도 저이고, 새로운 제자들을 받을 수 있도록 힘을 쓴 것도 접니다. 그뿐입니까? 스페라 백작 또한 저를 통하여 알게 된 사이 아닙니까? 이토록 제가 베푼 호의가 많은데, 어째서 저와 반목하려 하시는 겁니까?"

운정은 표정에 아무런 변화 없이 말했다.

"전 사실 관계만을 명확하게 한 것뿐입니다. 또한 목적을 가지고 호의를 베푸셨다면, 그것은 더 이상 호의가 될 순 없습니다. 그 호의들로 바라시는 것이 독점권이라면 그것을 분명하게 말씀해 주십시오. 그럼 제가 그 대가로 독점권을 드리든, 아니면 섭정께서 베푸신 호의를 모두 거절하든 결정할 수 있을 테니까요."

머혼은 입술을 다물고는 운정을 노려보았다.

그러다가 툭 하니 말했다.

"갑자기 왜 이러시는 겁니까?"

"……."

"최근 제가 조금 무례하게 군 것은 죄송하게 생각합니다. 갑자기 섭정이 되고 또 내전이 터지니 정신적으로 많이 소모되었습니다. 그러다보니 신경도 날카로워지고 작은 짜증도 참지 못하게 되었지요. 그 부분에 대해서는 제가 실수했다고 인정합니다. 혹 그것 때문에 마음이 돌아선 것이라면 제가 정식으로 사과를 드리겠습니다."

운정이 말했다.

"머혼 섭정님, 제가 변했다고 생각하십니까?"

"아닙니까?"

"그렇다면 섭정께서 절 오해하신 겁니다. 전 변하지 않았습니다."

"……."

머혼은 말없이 운정을 바라보았고, 운정은 그를 마주 보며 말을 이었다.

　"머혼 섭정께서 제가 변했다고 생각하시는 이유는, 그전에는 머혼 섭정의 뜻에 군말하지 않고 따랐고 지금은 머혼 섭정의 뜻에 따르지 않기 때문일 겁니다. 하지만 그것만 가지고 제가 변했다는 결론을 내리는 것은, 그 아래 한 가지 근거 없는 가정을 세웠기 때문입니다."

　"그 가정이 무엇입니까?"

　"바로 머혼 섭정, 본인이 변하지 않았다는 가정입니다."

　"……."

　"그 가정이 틀려 머혼 섭정께서 변한 것이라면, 제가 변하지 않았더라도 머혼 섭정께서는 제가 변했다고 생각하실 겁니다. 물론 둘 다 변했을 가능성은 있습니다. 그 또한 따로 생각해 봐야 할 것이지요."

　머혼은 얼굴을 굳혔다.

　"운정 도사께서 변하지 않는 부분이 하나는 확실한 듯합니다. 언제나 말씀을 이리 돌리고 저리 돌려서 어렵게 하시지요."

　운정은 미소 지었다.

　"한평생을 도사로 살았다 보니 그 부분은 고치기 어렵습니다."

　머혼이 단조로운 목소리로 말했다.

"좋습니다. 운정 도사께 더 이상 술수를 부리지 않고 제 뜻을 분명하게 밝히겠습니다. 제가 오늘 이곳에 온 이유는 천마신교가 소론 왕국을 통해서 다른 사왕국 내지는 다른 세력과 거래의 물꼬를 틀려고 하는 것이 아닌가 하는 염려가 들었기 때문입니다. 무공에 대한 독점권을 잃을까 해서 말입니다."

"원래 가지지 않았던 것을 잃을 순 없습니다."

머혼은 상을 쿵 하고 내려쳤다.

"알겠습니다! 알겠어요. 그러면 독점권을 주십시오. 독점권을 주시고, 다른 곳과 무공을 교환하지 않으셨으면 합니다."

운정이 말했다.

"그럼 그 뜻을 천마신교에 전하도록 하겠습니다."

"……."

이때 시녀가 안으로 들어왔다.

다소 살벌한 분위기라 시녀는 얼른 비어 있는 찻잔에 민트 차를 따르고는 주전자를 내려놓고 방 밖으로 사라졌다.

그때까지 머혼은 미동조차 하지 않았고, 이에 운정이 다시 그에게 물었다.

"혹 더 용무가 있으십니까?"

머혼은 한숨을 내쉬었다.

"운정 도사님, 천마신교와 델라이 간의 거래에 관한 전권이 운정 도사님에게 있습니다. 그러니 운정 도사께서 여기서 독점권을 주겠다 하시면 줄 수 있는 것이고 주지 않겠다 하면 주지 않는 것 아닙니까?"

운정은 고개를 끄덕였다.

"확실히 제가 천마신교 외총부의 대장로가 된 것은 맞습니다. 따라서 외부와의 모든 거래에 대한 결정권 또한 제가 가지고 있지요. 하지만 독점권이라면 다릅니다. 이것은 교주와 상의해 보지 않을 수 없는 중대한 사항입니다."

"그 교주가 어디에서 이계에 관한 정보를 얻어 델라이와의 독점권에 대해서 판단할 수 있겠습니까? 예? 이계에 대해서 누구한테 정보를 얻느냐는 말입니다."

"바로 접니다."

머혼은 고개를 푹 숙이더니, 깊게 숨을 쉬었다.

몇 번이고 숨을 내뱉은 그의 얼굴에는 분노와 미소가 함께 공존하고 있었다.

그는 운정을 노려보다가, 이내 로튼을 올려다보았다.

로튼이 툭 하니 말했다.

"섭정님이 이렇게 몰리는 건 참으로 오랜만이네요."

머혼은 결국 웃어 버렸다.

"하하, 하하하, 하하하."

그는 웃다가 앞에 있는 찻잔을 들었다. 그리고 차를 마셨는데, 마시는 중간 중간에도 웃음을 참기 어려운 듯 보였다.

머혼이 찻잔을 내려놓았다.

그가 말했다.

"델라이의 무공 거래 독점권을 교주에게 설득해 주십시오. 그 대가로 바라는 것은 무엇이든 드리겠습⋯⋯."

그 말이 끝나기도 전에 운정이 말했다.

"신무당파는 현재 테라 학파와 좋지 못한 관계에 있습니다. 문제는 이 신무당파의 건축이 아직 끝나지 않아 테라 학파의 마법으로 자재들을 안정화시켜야 하는데, 테라 학파에서 저희와 반목함으로 안정화 마법을 걸어야 하는 시일임에도 모습을 보이지 않았습니다. 때문에 계약 위반으로 그들을 고소하려는데, 델라이 왕궁에서 이를 직접 주도하여 그들이 계약대로 수행하도록 압박해 주시면 감사하겠습니다."

"⋯⋯."

"제가 원하는 것은 불의를 저질러 달라는 것이 아닙니다. 그들이 계약대로 행하도록 만들어 달라는 것뿐입니다. 그러니 제 요구 사항은 사실 요구 사항이라 할 수도 없습니다. 델라이 왕궁은 응당 델라이 내부에서 일어나는 불의를 잠재워야 할 의무가 있으니까요."

"⋯⋯."

운정도 머혼을 따라서 찻잔을 들어 차를 몇 모금 마셨다.

그러곤 그에게 말했다.

"정의를 실현해 주신다면, 그때 다시 중원으로 가서 무공 독점권에 대해서 말해 보도록 하겠습니다. 어차피 천마신교도 마나스톤을 원합니다. 이 중 일부를 혈마석으로 만들어 델라이에 주는 것이 어떻겠냐고도 건의해 보겠습니다."

"……"

"호의로요."

그 말에는 로튼조차 웃음을 참지 못했다.

머혼이 턱을 쓰다듬었다.

"테라 학파는 범국가적인 학파입니다. 특히 건축에 관해서는 파인랜드 전체를 꽉 잡고 있지요. 일종의 독점인 셈입니다. 만약 델라이에서 그들에게 계약대로 이행하고 판결을 내린다면, 그들이 군말하지 않고 따르리라는 법은 없습니다."

운정이 말했다.

"그 부분은 제가 상관할 일이 아닙니다. 전 테라 학파가 계약한 대로 신무당파의 건물 건축을 온전히 끝냈으면 합니다. 만약 그렇게 하지 않는다면, 적어도 그 대가로 지불한 드래곤 본은 돌려받아야겠지요."

"테라 학파에선 절대로 그것을 내주지 않을 겁니다."

"그럼 머혼 섭정께서는 그들이 직접 계약한 것에 대해서 따르게 만들 수 없다는 뜻입니까?"

머혼은 턱을 만지던 손을 머리로 옮겼다.

"평상시라면 가능하겠지요. 테라 학파 입장에서도 미티어 스트라이크 마법을 보유한 델라이와 반목하고 싶진 않을 겁니다. 델라이에서 활동하며 얻는 수익도 꽤나 클 것이고요. 그들이 델라이의 명령에 순종치 않으면 델라이에서의 그들의 활동을 금지하고, 건축에 관련된 마법 학파를 자체적으로 양성하겠다 엄포를 놓으면 크게 위기감을 조성할 수는 있겠습니다."

"하지만 지금은 아니라는 거군요."

"시기가 좋지 않습니다. 사왕국의 연합국이 소론의 가면을 쓰고 또다시 침공하려 합니다. 그리고 아시다시피 케네스 군도가 독립함으로써 다 끝나가던 내전이 길어지고 있습니다. 본래라면 진작 항복했어야 할 반대파 귀족들도 결사 항전 하며 버티고 있지요. 때문에 케네스 군도의 반역을 다스리기는 커녕 내전의 불씨를 끄기 급급한 상황입니다."

머혼은 전혀 내색하지 않았다.

하지만 운정은 그가 속으로부터 자신을 원망하고 있음을 잘 알았다.

운정이 나지막하게 말했다.

"그 부분에 대해선 다시금 유감스럽게 생각합니다."

머혼은 깊게 심호흡을 하고는 말했다.

"아닙니다, 지나간 일이니까요."

운정이 말했다.

"그럼 테라 학파가 저와의 불화를 빌미 삼아서 델라이의 적으로 돌아설 수도 있다는 뜻입니까?"

"그렇습니다. 그들에겐 공격적인 마법이 많이 없지만, 지진을 일으킬 수 있는 힘이 있습니다. 기사들 간의 전투가 된다면 상관없겠지만, 만약 저들이 총력전을 벌이려 한다면 테라 학파의 지진 마법은 뼈아프게 다가올 겁니다."

운정의 표정에서 처음으로 부정적인 감정이 나타났다.

총력전.

그것은 말 그대로 모든 이가 싸우는 것으로, 기사나 마법사나 할 것 없이 일반 백성들까지도 전쟁에 휘말리는 것을 뜻한다.

이는 신무당파 개파조사 운정에게 절대로 피해야 할 것이다.

운정이 물었다.

"왜 총력전이 벌어지리라 생각하십니까?"

"이해득실만 놓고 보면 총력전은 사실 양쪽 모두에게서 얻을 것이 별로 없지요. 하지만 세상은 이해득실만 따지지 않습니다. 델라이는 오랜 역사를 지닌 왕국입니다. 다른 사왕국의 치하를 인정할 델라이의 국민은 없습니다. 그러니 만에 하나 저들이 천마신교의 지원과 델라이의 기사들을 모두 뚫어 내고 수도를 차지한다 해도, 델라이 전체가 항복하는 일은 없을 겁니다."

"……."

"내전만 놓고 보셔도 알지 않습니까? 절 섭정으로도 인정하지 못해서 지금까지도 버티고 있는 귀족들이 삼분의 일입니다. 그나마 다행인 것은 그래도 서로 델라이라는 공통 의식이 있으니, 기사도를 지켜 가며 국내 영지민들에게 피해가 없는 전투만이 이뤄진다는 점이지요. 하지만 델라이 자체를 멸하려는 다른 사왕국의 군대에게까지 기사도를 지켜 가며 싸우겠습니까?"

"……."

"제가 전에도 말씀드렸지만, 알톤 평야에서처럼 예의 바르게 격식을 갖춰서 싸우는 이유는 모두 미티어 스트라이크 마법 때문입니다. 델라이가 무너져 그 마법이 발동되고 나면? 그 다음부턴 예절이고 격식이고 없습니다. 야만인의 시절로 돌아가게 되겠지요."

운정이 물었다.

"머혼 섭정님, 머혼 섭정님께서는 만약 죽음에 몰리시게 되면 미티어 스트라이크 마법을 발동하실 생각입니까?"

머혼은 솔직히 대답했다.

"물론이죠. 하지만 저뿐만 아니라 델라이의 어느 귀족이든 그렇게 할 겁니다. 국가가 멸망하는데, 아무것도 하지 않고 그냥 죽을 순 없으니까요. 모두들 미티어 스트라이크 마법을 발

동해서 다른 사왕국의 국토까지 쑥대밭으로 만들 겁니다."

"……."

"이는 필연입니다, 운정 도사님. 제가 명령하지 않아도 당연히 일어날 일입니다. 그 이후 총력전이 되는 건 당연한 수순이고요. 아니, 총력전은 이미 그전부터 일어나고 있었겠지요. 제가 무슨 말을 하고 있는지는 잘 아시리라 믿습니다."

운정은 고개를 끄덕였다.

"하지만 그렇다고 해서 테라 학파와 반목하지 못하겠다는 점은 이해하기 어렵습니다. 천마신교의 지원을 통해서 사왕국 연합군을 막아 내면 어차피 전쟁의 위험은 사라집니다. 총력전까지는 이어지지도 않을 겁니다. 그러니, 만약 사왕국 연합국을 막아 낸다면 그때는 테라 학파에게 계약을 준수하라 명령하실 수 있지 않습니까?"

머혼은 고개를 저었다.

"그리 간단한 문제가 아닙니다. 만약 테라 학파가 손해를 감수하고 델라이에서 더 이상 건설하지 않겠다고 선포해 버리면, 델라이 역시도 크나큰 손해를 입는 겁니다."

묘하다.

운정은 눈빛을 날카롭게 빛내며 말했다.

"아까 전에 시기가 좋지 못하다고 하셨지요. 그것이 마치 사왕국의 군대가 침공해 오는 사실을 이야기하는 듯했지만,

지금 시기에 일어나고 있는 것이 그것만 있는 것은 아니지요. 섭정께서 말씀하였듯 내전 또한 여전히 진행 중에 있습니다. 그렇다면 혹 방금 말씀하신 좋지 못한 시기란, 소론의 일이 아닌 내전을 말하는 것이 아닙니까?"

"……."

"혹 머혼 섭정께서는 테라 학파가 사왕국의 편을 드는 것을 염려하는 것이 아니라, 혹 델라이 귀족 중 반대파의 손을 들어 줄 것이 염려되는 것은 아닙니까? 영지 내 성과 건물들이 지진으로 인해 무너지기 시작하면 머혼 섭정의 편을 들었던 귀족들도 돌아설 수 있게 될 테니까요."

"……."

"그리고 말씀하신 것처럼 기사 간의 싸움에선 지진이 큰 역할을 할 수 없지요. 한쪽 진영에만 지진을 일으키긴 어려울 테니까요. 그런데도 그것을 염려하신다는 건 현재 내전이 이미 기사들 간의 싸움을 넘어서 영지민들의 피가 흐르는, 다시 말씀드리면 총력전으로 양상이 변하고 있다는 뜻일 겁니다. 아니, 이미 시작됐을 수도 있고요."

"……."

"아니면, 테라 학파의 지원을 이미 받고 있을 수도 있겠군요. 마스터 데란이 제게 머혼 섭정에 대해서 언급했던 것을 보면 말이죠. 그리고 그것은 분명 마스터 데란이 신무당파의 건물을 짓고 있기 위해 델로스에 머무르던 보름 중에 이야기가 오갔을 거고요."

"……."

"머혼 섭정께서는 마치 오늘 이곳에 오신 용무가 독점권이 걱정돼서 그것을 확정하시고자 찾아온 것처럼 말씀하셨습니다. 하지만 실상은 필립이 이곳에서 연무하고 있는 것을 보고 나서 걱정하셨겠지요. 다시 말하자면, 머혼 섭정의 용무는 따로 있는 것입니다."

"……."

"마스터 데란이 어떤 식으로든 머혼 섭정께 영향력을 미치리라 생각은 하였습니다. 그가 경고했으니까요. 하지만 머혼 섭정께서 직접 저를 방문해서 해결을 보려고 하실 정도로 영향력이 있는진 몰랐습니다. 이제 보니 그가 왜 그토록 자신만만해했는지 알겠습니다. 내전을 도와주고 있다면 머혼 섭정께서는 그의 부탁을 들어줄 수밖에 없지 않겠습니까?"

"……."

"그런 의미에서 말씀드리겠습니다. 저는 절대로 그 엘프 일족을 포기하지 않을 겁니다. 그들이 만약 그 숲을 더욱 망가뜨리고, 또 엘프 일족의 터전을 침공한다면 제가 직접 그들을 마주할 것이고, 그들을 상대할 것입니다. 이는 제 스스로의 기준이 아닌 신무당파의 기준임으로, 절 개인적으로 설득한다

하여 돌아설 수는 없는 문제입니다."

"……."

"마스터 데란에게 말씀하십시오. 그 테라를 포기하시라고. 본래 본인의 것이 아니니 사실 포기하는 것도 아니라고 말입니다."

머혼은 지금까지 가만히 그의 말을 듣다가 툭 하니 말했다.

"뭐, 그건 알겠습니다. 근데 독점권에 관해서 하나 묻지요. 만약 테라 학파로 하여금 신무당파의 건물을 제대로 완성하게끔 만든다면, 소론 왕을 내치실 겁니까?"

"왜 그래야 합니까?"

"독점권에 대해서 보장해 주시려면 소론 왕이 무공을 익혀선 안 되지 않겠습니까?"

"필립은 사왕국의 연합국을 밀어내는 대가로 델라이의 공작 자리를 약속받았었습니다. 그러니 그가 델라이의 귀족이 된다면, 이는 델라이의 독점권에 위배되는 건 아닙니다."

머혼은 입술을 삐죽이더니 말했다.

"흐음, 그렇군요. 알겠습니다. 그럼 책임지고 사왕국의 연합군을 소론에서 몰아내 주시길 바랍니다."

"그것은 오늘 대화와 별개로 천마신교에서 해 주는 지원임으로 반드시 행할 것입니다. 걱정하지 마십시오."

머혼은 자리에서 일어났다.

"그럼 왕궁으로 돌아가 보겠습니다, 운정 도사님."

운정도 자리에서 일어나더니 포권을 취했다.

머혼과 로튼이 밖으로 나가자, 그곳에는 제갈극이 서 있었다.

제갈극은 그 둘을 번갈아 보다가 이내 방 안으로 들어왔다.

쿵.

문이 닫히고 제갈극이 운정에게 말했다.

"무슨 원한을 샀느냐? 무슨 원한을 샀기에 그 늙은 섭정의 두 눈에 범인의 범주를 아득히 넘을 정도의 짙은 살기가 머문 것이냐?"

운정이 나지막하게 말했다.

"엇나가던 마음을 서로 확인했을 뿐입니다."

"그렇다고 저리 살기를 품어?"

"그에게는 그의 앞길을 막는 모든 것이 부모의 원수보다 더한 적이니까요."

제갈극은 자리에 앉으며 말했다.

"저 정도라면 너와 섭정, 둘 중 하나는 죽어야 할 것이니라."

"제가 먼저 그를 죽이는 일은 없을 겁니다. 하지만 심판은 모르겠군요."

"심판?"

운정은 고개를 끄덕였다.

"내전으로 인해 많은 사람이 고통받고 있다는 사실을 짐작하게 되었습니다. 그의 말에 의하면 더 이상 예절과 격식이 없는 전투라고 하지요. 이것이 사실로 판명 난다면 아마 제가 먼저 행동할 것입니다."

"……."

"그는 분명 내전의 이유가 앞으로 있을 전쟁으로부터 사람들을 보호하기 위함이라 하였습니다. 작은 고통으로 더 큰 고통을 피할 수 있다는 것이 그의 논지였습니다. 그런데……."

"그런데?"

"그는 그저 왕이 되고 싶었나 봅니다. 오늘에서야 비로소 그 진심을 들킨 것이지요. 그리고 그것이 들켰다는 것을 본인도 인지했습니다. 그러니 이제 저는 그에게 방해물 이상도 이하도 아닐 겁니다."

"……."

운정은 희미한 미소를 띠며 제갈극을 보았다.

그리고 힘없는 목소리로 말했다.

"선을 좇는다는 게 왜 이리 힘든지 모르겠습니다."

제갈극은 고개를 절레절레 흔들며 말했다.

"옆에서 보고 있기도 고역이니라."

"……."

"그냥 편하게 살거라. 네게 뭐라 할 수 있는 사람도 없다. 저자를 죽일 놈이라 생각한다면 지금 가서 목을 베. 네가 그렇게 한다고 해서 네 행동을 가늠하고 네 행동을 판단할 주체가 대체 어디 있느냔 말이냐?”

“……”

“그 정도의 힘을 가졌으면서 뭐 하러 고뇌하고 뭐 하러 따지느냐? 네가 옳다 생각하는 것을 행하고 그것을 옳다 선언하면 그만이니라. 네 힘과 지혜라면 얼마든지 사람들을 설득할 수 있을 것이다. 아니, 그들을 설득할 필요도 없어. 네 힘을 보고 두려워하는 자들은 네가 하는 행동을 알아서 선이라 믿을 것이다. 그게 사람이다. 그게 인간이야. 힘 앞에 벌벌 기는 것이 인간이란 말이다.”

“……”

“그렇게 하는 것과 지금처럼 신무당파의 규율을 세워서 그 힘을 절제하며 휘두르는 것에 본질적으로 무슨 차이가 있다는 말이냐? 신무당파의 규율도 네가 선포한 것이고 그렇게 휘두르는 힘도 폭력에서 벗어날 수 없는데.”

운정은 작은 미소를 지어 보였다.

“순서의 차이겠지요.”

“순서?”

그의 미소가 더욱 깊어졌다.

“이 일은 제가 알아서 고민하겠습니다. 알테시스와의 대화는 어땠습니까? 잘되었습니까?”

제갈극이 고개를 끄덕였다.

"그와 대화하며 대강 지식의 양을 가늠해 보았는데, 아마 제대로 공부하려면 열흘 이상은 걸릴 것이다. 그러니 네가 소론에서 내 힘이 필요하다면, 그 일을 먼저 끝내 놓고 공부에 들어가려고 한다."

"그렇다면 지금 필립을 부르지요. 바로 시일을 짜는 것이 좋겠습니다."

『천마신교 낙양본부』 20권에 계속…